金の光と銀の民

金《きん》の光《ひかり》と銀《ぎん》の民《たみ》

向《む》梶《かじ》あうん
ILLUSTRATION：香《こう》咲《さき》

金の光と銀の民

LYNX ROMANCE

CONTENTS

金の光と銀の民

農作業の手伝いをしていた青年のもとに、宿泊先の老婆《ろうば》がやってきたのは、まだ作業を始めて間もない頃だった。

洗濯《せんたく》をしに川に行ったらとんでもないものを見つけた、と手を引かれながら説明を受ける。余程《よほど》動揺しているのか、やけに鼻息が荒い。御年《おんとし》八十一歳とは思えぬ力強さに指が肌に食い込むのを内心で苦笑する。

彼女の様子からしてそれほど危険視するものではないのだろうが、興奮するものには違いないようだ。

「一体なんだっていうんですか」

「えらい体格のいい兄ちゃんが川に流されてきたんだよ！　しゃきしゃき歩きな！」

ぴしゃりと言葉が返ってきて、青年は肩をすくめて後をついていく。

やがて村の端を流れる川に到着すると、すでに騒ぎになっていたのか村人たちが集まっていた。突き進んだ老婆に先導され輪に加わる。

人垣を越えると、老婆の息子を見つけた。どうやら彼を含めた数人で、川に流されていたというその男を引き上げたようだ。

青年は目線を落として、騒動の元凶たる男と気の進まない面会を果たした。といってもうつ伏せで転がる彼の顔は見えない。

老婆の言った通りの長軀《ちょうく》に見合った肉体を持つ金髪の男は、直接寝かされている地面に自分の痕跡《こんせき》を残すかのように染みを作っていた。

流されているときにどこかにぶつけたのか、後頭部には大きなこぶがある。だがそれよりもひどかったのは、男の背中一面を斜めに裂いた傷だった。村の女たちが治療に当たっていたが、出血が続いているらしく当てた布はすぐに鮮血に染まっていく。

幸い息はあるようで、浅くではあるが背が上下していた。

老婆が青年の腕を引く。

「見ての通りだ、怪我《けが》をしとるんだよ。おまえさんどうにかできないか」

「面倒事はごめんですけれど……まあ、ばあさんの頼みなら仕方ないですかね」

溜め息をひとつついて、青年は男の傍らに膝をついた。

懐《ふところ》から金色の指輪を取り出す。彼の手をとったところで、はたと気がつく。

これまでまるで男に興味のなかった青年は、自分とは反対に向いた顔の向きを無理矢理変えさせ、ようやくその容貌《ようぼう》を目にした。

「う、ぅ」

そのとき、強引に首を曲げられた苦しさからか、男は呻《うめ》いて薄《うす》らと瞼《まぶた》を持ち上げる。

水滴のつく長いまつ毛の下から覗《のぞ》く緋色《ひいろ》に、今度こそ確信を持った。

（こいつは……）

厄介《やっかい》なものが流れ着いたと、このまま放置しておきたい関わりたくないと青年は強く思ったが、自分も世話になっているおせっかいな老婆の手前、このまま捨て置くことはできそうにない。

青年は溜め息をひとつ零《こぼ》して、一度は取り出した金色の指輪ではなく、同色の腕輪を懐から出して男の腕に嵌《は》めてやった。

片田舎《かたいなか》の小さな町ではあるが、昼時ということもあって通りを歩く者は多かった。

正面からやってくる人々と服を擦《かす》れさせることもなくすれ違いながら、きらきら輝く金色の頭を追っていると、ふと目線の先の彼が振り返る。

突然立ち止まった金髪の男に後ろを歩いていた人々は驚きながら避けるも、その容貌を目にすれば誰しも迷惑そうな表情をほうっととろかせた。思わず振り返る者や、遠巻きにして眺《なが》める者さえいる。

それは男の顔が、まるで匠《たくみ》の手によって生み出された彫刻のように整っているからだ。太目の眉《まゆ》は凛々《りり》しく男らしさがあり、少し垂れ目がちな目元には甘い色気がある。周囲からぽこんと頭が飛び出す長身もそうだが、服の上からでもわかる逞《たくま》しい肉体さえも理想をそのまま形にしたかのように完璧だ。

さらに、陽光を受けて輝く金髪も男の存在感を増させていた。暗い色合いの髪色が多い人波のなかでは物珍しく、まず煌《きら》めく髪に目がいき、その下にある類《たぐい》まれな容貌を見つけてしまった者たちが目を奪われていく。

周囲の視線を一身に受けていることなど自覚のない男は、きょろきょろと辺りを窺《うかが》い、そして赤い瞳でソウを捕らえた。その瞬間、それまで閉ざされていた口元が動く。

どこか神々《こうごう》しさまで見える美しさが一変し、にっかりと笑った男は、一気に人間らしい温《ぬく》もりを放つ。

ぱっと両手を上げて、彼はそれをぶんぶんと大きく振った。

「ソーウー！」

本当、口を開かねばいい男であろうに。

にっかり笑った男――ルクスに、ソウは隠すことなく溜《た》め息《いき》をついた。

通りを行く人々のなかには、さすがに色男相手といえども迷惑そうな顔になる者もいて、彼を大きく避けていく者は少なくはない。しかし行く道を阻《はば》んでいる自覚のないルクスはお構いなしで、ソウが辿《たど》り着くまでおれはここだと主張するように手を振り続けた。

そんなことをしなくともルクスの長軀は周りと比べるべくもなく、派手な金髪も目立つのだから、立ち止まるのはともかく手を振る必要などない。

この町までの道中であれほど大声を出すな、目立つなと注意しておいたが、やはりルクスには無理な話だったのかと、心労から再び溜め息が零れそうになる。

町に着くなり先に飛び出していたルクスだったが、少しは高揚した気分も落ち着いたのか、ようやくソウが追いつくと今度こそ歩幅を合わせて並んで歩いた。

「なあなあソウ、人がいっぱいだな」

「そりゃあの村に比べたら人はいるでしょうね」

この町を訪れる前に滞在していたチエリ村には二百人ほどが暮らしていた。とはいえどもみっつの集落が集まり、祭事やなにか揉《も》め事があったときなどの有事に協力を求める関係で、ルクスが実際に接していたのは三十人程度である。村人全員が一度に集《つど》うことはそうなく、チエリ村から緩《ゆる》やかな山をひとつ越えてやってきたこのミズの町に来て初めて、これだけの人を見ることになったのだ。

「なんだかみんなおれたちを見ているな」

気遣《きづか》えない男ではあるが、なにしろ顔がいい。大人しく歩いていてもルクスはそこかしこから目線を集めている。女は見惚《みほ》れ、男は羨望《せんぼう》か、もしくは嫉妬《しっと》の目を向けているだろう。加えてこの長身であり、屈強な肉体である。恋を忘れかけた老婆とてはっと目を引かれていた。

が、やはりこの男がいいのはその風貌《ふうぼう》だけの話である。

「あなたが目立つからでしょうね」

身体《からだ》だけでなく声も手振りも大げさだからだと皮肉を込めたつもりであったが、この男にはまったく効果はない。そうか、と他意のない笑みを浮かべたままだ。

「なあなあソウ」

返事をしないでいるのに応《こた》えた様子もなく、ルクスは指差した。

「あそこからいい匂いがするな。食べてみないか？」

ルクスの目は、鶏肉《とりにく》を串に刺して特製のたれをかけた焼き鳥の屋台に釘《くぎ》づけだ。

まだ少しばかり距離があるが、店主が火の調節にと煽《あお》いだ風に乗った匂いがこちらまで漂ってくる。

それにますますルクスは瞳を輝かし、さらには器用に小さく腹まで鳴らした。

「――大食いめ」

「ん？」

「飯屋までもう少しです。どうせならそこまで我慢してください」

「そうか……」

しゅんと肩を落としながらも諦《あきら》めきれないのか、屋台とすれ違ってもなお名残《なごり》惜しそうに目線で追いかけていた。

前方不注意となり人とぶつかりそうになるところを、腕を引いて気をつけさせる。この男の背がもう少し低ければきっと耳を摘《つ》まんでいたろうに、惜しいことだ。

ルクスはチエリ村にいたときからミズの町に至るまでに、一体どれほどの食料をその胃袋に収めてきたことだろう。

ソウの二倍食べても物足りなさそうで、隙《すき》あらば奪ってしまおうという貪欲《どんよく》な眼差《まなざ》しを向けられて、無言で飯を掻《か》き込んだのは一度や二度の話ではない。どうせすぐに腹を空《す》かすのだから、今放っておいたところで問題はないだろう。

ふと、もしかして町に入る少し前に果実を食べたことを忘れて腹を空かせているのでは、とまで考えた。こいつならあり得る……と、財布《さいふ》に直結する深刻な問題であるかもしれないとソウが思い悩み始めたところで腕を引かれる。

強制的に立ち止まらされて抗議の眼差しをルクスに向けるが、彼は別の方向を見つめていた。

「ソウ、あれはなんだ？」

「あれも食べ物ですよ。手軽に食べられるように、パンに野菜と肉を挟《はさ》んで――」

つい具体的な説明をしようとして、はたと口を噤《つぐ》む。これでまた食べたいと騒がれては困ってしまう。

不自然に途切れた言葉であるが、ルクスの興味は他に移ったらしく、今度はその左隣の出店を指差した。

今度は食べ物ではなく、旅の用品を売る雑貨店だったので説明をしてやる。

「じゃああっちは？」

次に示されたのはまたその隣だ。順に指差され、四軒目までは律儀《りちぎ》に答えてやっていたものの、さらに隣を示される前にルクスを引っ張った。

なにせ立ち止まっていたのは道のど真ん中である。ソウを待っていたルクスに向けられていたような迷惑そうな表情で避けていく者は少なくなかったので、道を塞《ふさ》がないようにと端に寄った。

そこでもまた続きを促《うなが》され、ソウは装飾品屋や武器屋、書物屋や古着屋など、求められるがままに答えていく。

はたして彼は、本当にあれらがなにか知らないから尋ねているのだろうか。それとも、覚えていないだけなのか――教えてやりながらも、それとなく横目で彼を盗み見る。

じゃああれは、と随分遠くになった、さらに隣の店に彼の興味が移る前に、ソウは再び腕を引いた。

「いい加減進みますよ。このままじゃいつまで経っても飯の時間はきません」

「そっ、それは困る！　早く行こう、ソウ！」

食事の話を持ち出せばころりと気分を変えるルクスは、自ら引き留めていたというのにソウの手をとり歩き始める。

ソウはすぐに手を引いて彼との繋《つな》がりを解いて、自分の足で隣を歩いた。

「ソウは物知りだな」

「そんなことないですよ」

「でもおばあさんよりも知っていた！」

「それはおれが旅人だからです」

おばあさんとはチエリ村にいた老婆のことだろう。

村には民宿などなかったので、ソウは彼女の厚意のもとに一時身を寄せていたのだ。ルクスも同じくその老婆に世話になっていた。

なにかと小言《こごと》の多かった皺《しわ》だらけの彼女の顔を思い出す。耳が遠いせいか声量が大きく、ルクスよりも騒がしい人だった。

「それでもすごいじゃないか！　聞けばなんでも教えてくれるだろう」

「それはあんたが聞いてくるのが簡単なことばかりだからでしょう。誰だって、今のあんたよりは物知りですよ。そこら辺で洟《はな》垂らしている餓鬼《がき》でも知っているようなことを知らないんですからね」

「それもそうだけどな、やっぱりソウはすごいぞ」

ちょうど二人の脇を仲間の少年らと一緒に通り過ぎた、能天気そうな洟垂れ小僧《こぞう》を横目で見ながら言ったわけだが、ルクスもその子供を目にしていたというのに不愉快そうになった気配はまったくない。

時折出るソウの皮肉も、嫌味《いやみ》も、ちくりとする毒をルクスはまるで気にしない。ただ気がついていないだけなのか、それともわかっていて流しているのか、まだ浅い付き合いでは判断しきれなかった。

「あんたも記憶を取り戻せば、少しはマシになるんじゃないですか」

「そうだなあ……もしかしたらソウより賢かったかもしれないな！」

「いやそれはないでしょう」

すっぱり断言しても気分を害した様子もなく、それもそうだとルクスは笑顔のままで受け入れる。懐が広いのか、単なる馬鹿なのか。

一か月ほど前。ソウが一時の仮宿《かりやど》としていたチエリ村の傍らにある川に流れてきたこの男は、背中の他に頭にも傷を負っていて、その影響か記憶を失っていた。

自身の名前はおろか、今いる大陸の名前や世界の現状も覚えてはいなかった。幸いなことに自分の足で歩き、会話もできる。食べる寝るなど生きていくための本能は十分すぎるほどに機能しているし、場所を気にせずにいきなり排泄《はいせつ》を始めるような突拍子《とっぴょうし》もない行動もなく、人として生活していくうえでは問題ない程度の常識が残っていることだけでも感謝すべきなのだろう。

一時は生死の境を彷徨《さまよ》うほどの重傷であったが、かろうじて持ちこたえ、その後は順調に傷を癒《い》やしていった。

ルクス、という名はソウが与えたものである。滅多《めった》に呼ぶことはないだろうが、名がなくては不便なことも多々あると思ったからだ。

適当につけたものであったのだが、本人はいたく気に入ったようだ。名づけられてからしばらくの間は、おれはルクスだと、ソウがつけてくれた名なのだと、既知《きち》の事実を村人たちに公言して回っては苦笑されていた。

それは嘲笑《ちょうしょう》ではなく、子供を見守る大人たちのような温かい眼差しであったと思う。

他人との交流にそれほど興味のないソウは、不運な境遇であるルクスに対して己の態度を崩すことはなかった。冷たいと思われるような接し方をすることがほとんどであったが、不思議なことにルクスは、親切に言葉をかけてくれる村人たちよりもソウによく懐《なつ》いていた。

村にいた頃から鬱陶《うっとう》しいほどにソウの名を呼び、あれはなんだと、この町に着いたときのように尋ねられた。教えるということをそれほど苦に思わぬソウは、始めのうちは付き合ってやるが、しばらくすると何故律儀に答えてやっているのだろうと馬鹿らしくなって適当に話が終わるように仕向けるのである。

といっても雰囲気を察しろ、などと言っても通じない相手であるから、大抵は言葉や仕草でその流れをおしまいにするわけではなく、ソウが無視することがほとんどだった。

これまでの言動から判断するに、ルクスは少しばかり馬鹿である。記憶を失った影響かわからないが、いつも馬鹿に明るく馬鹿に素直で馬鹿に話しかけてくる。無知だからではなく、その愚直《ぐちょく》さから彼を馬鹿だとソウは思っているのだ。

彼が回復するのを待ち、それからソウは彼を連れて村から旅立った。

ルクス自身が記憶を取り戻すことを強く望んだためだ。大陸の隅にある変化のない小さな村よりも、広い土地を巡り多くの人や情報、場所に触れたほうがいいと考えられたからである。

ソウから彼に、ついてくるか、と提案した。そして彼は迷うことなく決断し、記憶がないことに悩んでいるとも思えぬ明るさで頷《うなず》いたのだった。

ふと、ルクスが足を止める。

ソウはそのまま進み置いていこうとしたが、彼の目線の先にあるものに気がついて、自らそちらに向かった。その後を吸い寄せられるようにルクスがついてくる。

大通りに並ぶ店に紛《まぎ》れるようにひっそりと存在する、とある店の前で二人は立ち止まった。

その店は隙間に入ったかのように他の店の半分ほどの面積しかない。屋台が並ぶなか、ここだけは地面に直接布を広げ、その上に雑多に雑貨が置いてあるだけだった。均衡《きんこう》を考えずに大小形様々なものを高く積み上げているせいで、今にもぐらつきそうなほど不安定だ。

背後に立つ建物に隠れてしまって、日陰になっている。頬《ほお》のこけた覇気《はき》のない店主の陰鬱《いんうつ》な雰囲気と相まって、同じ影のなかでもこの場所だけ一際《ひときわ》暗く見えた。

今にも転がり出しそうな水晶玉に、何故か底に尖《とが》りがあるてのひらほどもない小さな皿に、小枝を集めて片方の端を括《くく》っただけのわけのわからないものもある。右側を紐《ひも》で括られた冊子は煤《すす》汚れているうえ、見たこともない文字で題名が書かれていた。そして、がらくただろうと思いたくなるような、平たい顔が描かれた少女の人形模型《もけい》もそこには並べられていた。真っ直ぐに切り揃《そろ》えられた髪の毛が黒いせいなのか、店の雰囲気のせいか、はたまた片腕がとれてしまっているせいか、どことなく陰鬱な雰囲気に見える。袖が足に届くほど長く、前を重ね合わせて、胸の下辺りで幅のある帯で留めるという、見慣れぬ服を身に纏《まと》っていた。赤い生地には白い大輪の花が咲いているが、それも覚えのない花だ。

店主である男は商品を眺めるだけの客には対応しないらしく、こちらをちらりとも見ないまま煙管《キセル》をふかしている。

彼の口から吐き出された紫煙《しえん》の匂いがきつく思えて、ソウは香りが移らぬようにと一歩だけ下がった。一方で隣にいるルクスは気にならないのか、まじまじと売り物を見つめて静かに目を輝かせていた。

「なんだろう、これ。面白いもんがいっぱいだ……どの店よりもヘンテコだけれど、どの店にも置いてないものばかりだ！」

ルクスはしゃがみ込み、底の尖った皿を手にとる。置いたところですぐに傾いてしまうので、中身を零さないためには持ったままでいないといけない。その隣の小皿も奇妙で、底のほうに小さな穴が開いている。ルクスは指で穴を塞ぎながら不思議がっていた。

「これは空の向こうの国――ルヨカイのものですね」

「ルヨカイ？」

上から覗き込んでいたソウが言えば、ルクスはぐりんと頭を持ち上げ目を向ける。

「この世界ではない、他の人たちが住む別の世界のことですよ。面白い発想のものがたくさんあるといいます。その皿も彼らの独特な文化のものですね」

「これは失敗作じゃないのか？」

「酒を飲むときに使うらしいですよ。ほら、穴が開いていると指で塞がなくちゃならないでしょう。そうしていればいつまでも手は空かないから、中身は飲み干さねばなりません。そしてまた酒を注がれ、置けないから飲み干して、それを繰り返すんですよ。先が尖っているのも同じ理由ですね」

「へえ、酒好きには堪《たま》らない酒器というわけか。ソウはルヨカイに詳しいんだな！」

「知人に教えてもらって――まあ誰でも知っていますよ、これくらい」

ふと店主の物言いたげな視線を感じた。そんなもの誰も知らんぞ、とでも言いたいのだろうか。

ソウは気がつかない振りをして、しゃがんでルクスと並ぶ。

異世界のものは、言葉通りにここととは異なる世界から流れ着いたもので、そのため知識がなければ異世界のものであるかどうかを認識することは難しい。そして別世界のものであるからこそ、本物であるかどうか証明することも困難だった。

胡散《うさん》臭いこの店は、大抵はどこかで拾った処分品のような品物を置いているが、なかにはルヨカイからの流れものも数点紛れているようだ。知人に教わった知識と、これまでの旅で養ってきた鑑識眼《かんしきがん》でソウはルヨカイのものを識別する。

ルヨカイのものらしい冊子を手にとり、ぱらぱらと紙面を捲《めく》ってみるが、異世界の文字を読めぬソウではみみずが這《は》った跡にしか見えない。

なにが書かれているかわかれば面白いだろうに、と少し残念に思いながらもとの場所に戻すと、ふとルクスの目線がとあるものに熱心に引かれていることに気がついた。

彼の視線を遮《さえぎ》るように、種類関係なく高く積まれた品物の上に置かれたそれを手にとった。

「これ、ほしいんですか」

ソウは摑《つか》んだものをひらりとルクスの前で振る。

それは帽子だった。ゆとりある幅のつばが広がり、高さはそれほどなく上にはくぼみがある。その姿形を見ればそのへこみは計算されたものであって、この帽子の造形美を創り出していた。一周する飾り紐は独特の色彩で彩《いろど》られているものの、栗毛の馬のような帽子の色によく馴染《なじ》んでいる。中古品ではあるが、比較的よい状態で保存されていたもののようで、まだ身に着けられそうだ。

この世界では見たことのない造形なので、これも異世界のものであるのだろう。

ルクスは振られる猫じゃらしを追う猫のように、ひらひら振られる帽子を目で追いかけた。

「んー……格好いいよなあ。でもおれ、金っての持ってないし買えないよ。これぱっかりは仕方ないよなぁ」

売り買いの概念まで忘れていたはずの男はしおらしい姿を見せる。頬をぽりぽりと指先で掻いて、あえて別のものに目を向けた。

これまで遠慮なく食べたり、ソウを引っ張ってきたりしている男だが、自分が何者であるかも覚えていない無一文という自覚はあるようだ。

「なあソウ、これは？」

「ああ、それは〝はし〟ですね。食事するときに使う食器の一種です」

「へえ、そうなのか。おれでも使えるかな？」

「使用するにはそれなりの訓練がいりますから、あんたじゃ無理でしょうね」

二本の細い棒状のものを手にとりながら、どう使うのだろうとない知恵を絞って考えるルクスの金色の頭に、ソウは放るように帽子を載せてやった。

「おやっさん、これいくらするんですか」

「え……？　そ、ソウ!?」

ちゃっかり自分の手で帽子の位置を整えながらも驚いた声を上げるルクスを無視しながら、ようやくまともに目を合わせた店主と互いに探り合う。

「結構値が張るけど」

「そうですか。妥当な金額だったらちゃんとお支払いしますよ」

店主の顔がわずかに歪《ゆが》む。

ふっかけようにも、異世界の知識を持つ者相手には分《ぶ》が悪いと思ったのだろう。素っ気なく提示された値段は帽子にしては確かに高いが、異世界の漂流物と考えればまあ納得のいく範囲内に収まっていた。

正当な価格で商品を購入したソウは立ち上がり、未《いま》だに傍らで呆《ほう》けている男を置いて歩き出す。

我に返ったルクスは慌《あわ》てて後を追ってきた。

「ソウ、いいのか？　これ買ってもらって」

「まあ、ひとつくらいは。その代わり、これからはちゃんと言うこと聞いてくださいよ」

「勿論《もちろん》だ！　ありがとうな、ソウ！」

ぱあっと満面の笑みになったルクスの動きを先読みし、ソウは振り返らずとも彼の大きく開いた腕からの抱擁《ほうよう》を難なく躱《かわ》した。

過剰に感激したときに抱きついてこようとする行動はすでに把握している。しかもその後、自身の怪力を理解していない力加減で締めつけてくるのだから避けないわけがない。

純粋に感謝しているルクスは、ソウが善意で購入してくれたと信じて疑っていないのだろう。

単純に目立つ金髪を隠すためであったが、しばらくは帽子を買ってやった恩で行動を制御《せいぎょ》できるだろうから、わざわざ教えてやることはしなかった。

「さてと。いい加減飯にしましょうよ。おれも腹空きました」

「肉がいいな！」

「はいはい」

すっかり気に入った帽子に手を置き、その存在を確かめながら、ルクスは弾《はず》むように上機嫌で歩き始める。

大股で先を行くその背はぐんぐんと一人で進んで遠ざかっていったが、程なくしてソウを置いていってしまったことに気がついて慌てて戻ってきた。


「いやあ、魚うまかったなあ！」

「それはよかったですね」

膨《ふく》れた腹を満足げに擦《さす》るルクスとともに、ソウは飯屋を後にした。

あれだけ肉がいいと騒いでいたくせに、やはり食べられればなんでもいいんじゃないだろうか。

「次は宿屋を探します。黙ってついてきてください。見つけられなければ野宿ですから」

黙って、と言ってもこの男が素直に聞くわけがない。

先程出された食事の内容をルクスが再び切り出したところで、前のほうから紙の束《たば》を抱えた男が走ってきた。

「号外、号外ー！　一昨日の続報が入ったぞーっ！」

男の手から、紙が空高く放られる。

ひらひらと目の前に落ちてきたものを摑んで、ソウは紙面を覗き込んだ。

そこには速報、とあり、〝行方不明の四天魔人《してんまじん》アダマス復活〟と大きく書かれていた。

詳細にさっと目を通し、内容を把握する。

一昨日の続報、というからには、どうやらその当時には四天魔人アダマスは行方不明だと報じられていたようだ。そして今日になって彼が発見されたらしい。

遠目ではあるが、アダマスが守護している正門のある北の城壁《じょうへき》にて、彼の特徴に当てはまる男がいるところが確認されたようだ。行方知れずというわけではなく、単にどこかに出かけていたのだろうと、前回騒いでしまったことへの釈明が文面にあった。

ソウの背後から号外を覗き込んでいたルクスは小首を傾《かし》げる。

「してんまじん？」

「文字、読めるんですか」

「ん？　そういえば読めるな。それよりもソウ、四天魔人ってなんだ？」

文章に関する知識は備わっている。つまり学はあった模様、と脳内に書き込みながらソウは答えた。

「まあ魔王の側近ってやつですね」

「そっきん……」

「この人たちの場合、一番強くて役に立つ味方、ってところですかね」

ぴんときていない様子のルクスに噛《か》み砕いて説明をしてやる。

「なるほど！　その仲間が帰ってきたのならよかったな！」

「そうでもないです。四天魔人は魔王の部下。その魔王は魔族を率いる者。そして魔族は人間の敵ですからね」

「そうなのか……？」

人間と魔族の対立など、つい最近始まった話ではない。もう何百年にもわたり争っている因果《いんが》のある相手なのだ。幼子とて魔族が自分たちの脅威たる存在であると知っているし、どんな田舎だろうが四天魔人が一人欠けて喜ぶ人間はおれど、復帰を歓迎する人間などそういないだろう。

魔族と人間が敵対し合っているという情報を受けて、ルクスは今にも唸《うな》りそうに、複雑げに眉を寄せていた。それは記憶の手掛かりを得たのか、受け入れがたい事実であるのか、それとも別のなにかを思ってなのか、判断するには至りそうにない。

「まあ、多分帰ってきていませんよ」

ソウは手にした紙面にある〝復活〟の太文字をとんと指で突いた。

「え、そうなのか？」

「見かけられたのは影武者かなにかでしょう。ああ、そっくりさんって意味です。魔王の討伐《とうばつ》を虎視《こし》眈々《たんたん》と人間に狙われているなかで、魔族を支える重要な一角が崩れていることを知られたらまずいでしょう。後釜が見つかるまではアダマスが健在であるということにしておきたいんでしょうよ」

「な、なるほど……」

「とはいっても、アダマスは凄《すさ》まじい再生力の持ち主と聞きます。もしなにかあったとしても、負傷したという程度の理由ならさっさと帰ってくるんじゃないですかね」

四天魔人は、魔王城のそれぞれ割り振られた方角の守護を担《にな》っている。東を守るのは高潔の魔族のサイレス、西は豪放磊落《ごうほうらいらく》の武人ゴルジテ、南は紅一点のシェルシュカ、そして北が今回騒動の渦中《かちゅう》の人物、沈黙のアダマスである。口が利けないのでは、と噂《うわさ》されるほど無口で、誰も声を聞いたことがないことからつけられたという単純なふたつ名だ。

魔王城は周囲に深い堀があり、登城するには唯一の入り口である北の正門を通るしかない。これまで魔王城に挑《いど》んできた強者たちはまず正門にてアダマスと対決をするのだが、未だ一人目の四天魔人を倒せた者はいない。そのため他三人の実力も未知数であることから恐れられていた。

「なんでソウは、そのアダマスってのが帰ってきてないんだってわかるんだ？　本当はいなくなったこと自体が勘違いだったかもしれないだろう？」

「まあ、その辺は勘ですかね」

「勘!?　すごいな！」

もし何者かの手によってアダマスが打ち倒されているようなことがあれば、それは大変な騒ぎとなる。だからこそ人間たちは号外を配って情報を拡散したのだ。

これまで鉄壁の守備力を誇っていたアダマスがやられてしまうほどの実力者が現れたということになるのだから、魔族側にも動揺が広まることであろう。しかし人間が騒ぎ立てたほど魔族は騒がなかったし、アダマス失脚の話も聞かないし、不穏《ふおん》な様子もなかった。

何者かが事態に手を焼き、アダマスに似た誰かを用意して混乱を避けたのだろうと考えられる。ソウにはそう予想できる、アダマスが姿を晦《くら》ましたままであるという確信があったのだ。

そんなことなど露《つゆ》ほども知らず、なんでも信じてしまうルクスに小さく息を吐きながらソウは紙を四つ折りにして懐に仕舞い込んだ。

「……なあ、魔族ってやつについてもっと教えてくれないか？」

「なんでです？」

ちらりと目を向ければ、ルクスはどこか戸惑《とまど》っているような、心許《こころもと》なさげな顔をしていた。

「ううん……なんでだろう。でも、号外が配られるような相手なんだろう？　なんだか気になってな」

自分でも知りたい理由がわかっていないからこその、その表情なのだろうか。

ほんの数秒ルクスを見つめていたソウは、ふいと目を逸《そ》らして歩みを再開させた。

「正直な話、魔族も人間も大した違いはありませんよ。身体の能力的にもそれほど差はないですし、寿命も同じです。ふたつの種族の間に子供だってできます。それでも一応は違うものとされていますね。簡単に説明するなら、別人種、他国の者、宗教の違う者——つまりは相いれないものです」

ルクスが追いかけてきたところで、溜め息交じりに説明をする。

「魔族のほうが魔法を得意としていて過去を重んじていて、人間は文明を発達させる未来へと進む生き物と称されることもあります。数年前までは頻繁《ひんぱん》に戦争を起こしていましたが、今は膠着《こうちゃく》状態にあって、停戦中のようなものですね」

かつて勢力は魔法を扱える魔族側に分があったとしているが、文明を発達させてきた人間が今では優勢になりつつあった。そのため近年は焦りを覚え始めた魔族のほうから争いの種を蒔《ま》くことが増えていたのだが、三年ほど前に上に立つ魔王が世代交代をしてからは目立った諍《いさか》いは随分と減った。噂によると、現魔王は穏健派らしく、無益な争いを好んではいないそうだ。そのため、魔族全体に大人しくしているよう命じているらしい。

だがいつ戦争が再開するかはわからず、今でも双方睨《にら》み合い、互いを牽制《けんせい》し合っているような状況だ。

「魔族と人間は姿形もほとんど一緒なんですよ。ああ、髪色については魔族が特殊ですね」

「髪？」

「おれたち人間は主に黒や茶であって、歳《とし》を取れば白髪になる程度です。まあまれにあんたみたいな金色や茶に近い赤毛もいますけれど、それ以外の色っていうといないんですよね」

ソウは頭に巻く布の端からはみ出る自分の髪を摘まんでみる。それほど長くないため見えにくいが、それの色が黒であることは把握していた。

「魔族は真紅だっていますし、青でも緑でも色とりどりです。アダマスなんかはあんたと同じ金髪ですね。勿論彼らにも人間のような暗い色合いの者もいますけれど、これがまず外見で魔族であるか判断する材料になります」

魔族の髪色が鮮やかであるのは、各々が有する魔力の性質の表れだと言われている。

火や水などのそれぞれの属性の魔法を扱うには、まずその属性を使用するための魔力が必要となる。身体に流れる魔力はそれぞれ違うので、そのため扱える魔法の種類によって髪色は変わるのだ。

魔力の質は血筋により異なっているが、大まかに分類されている。火の属性を扱う魔力を持つ者は赤、水属性の者は青、風は緑、土と植物は茶と、基本となるものの色の系統に分けられるため、魔族の髪色は多彩な色合いとなるのだ。

「魔族のなかにも特殊な魔力の持ち主もいて、白髪なんかは光魔法を使用する者ですね。ちなみに魔族で黒というと、魔王だけなんですよ」

「なんで魔王は黒なんだ？」

「色って、全部混ぜると最後は黒になるんですよ。つまり魔王は大抵の魔法を扱えると言われているんです」

「おお、それはすごいな……！」

人間にも魔力を持ち、魔法も扱える者がいるが、魔族のように魔力が毛色に表れることはない。何故そういう違いがあるのか、研究結果は未だ出ていないが、それが魔力を宿す人間とそうでない魔族との差になるのだろうと考えられていた。魔族は人間よりも周囲からの影響も受けやすい身体のため、髪色に魔力による特徴が出るのだとされている。

そんな人間と魔族が共通するのは、どんな強力な魔法使いといえども扱える魔法の種類は一種だけということだ。そんな魔族のなかで唯一の例外が魔王である。

「まあ、正確には黒に近しい色、ですけれど。他にも少数民族として、重力を変える灰の民や、天候を操作する空の民、時間を操《あやつ》るという銀の民もいますね」

これまで瞳を輝かせていたルクスが不意に顔色を変えた。

考え込むように黙り込んだと思ったら、ぱっと顔を上げて笑顔を見せる。

「時間を操れるってことは、おれの過去を見ることができるんじゃないだろうか！」

「確かに、銀の民は時間の流れを一時的に止めたり、触れた対象の過去を見たりすることも可能だそうです」

記憶喪失はあくまでなんらかの要因によって頭の奥底に今までの記憶が押し込まれてしまっただけで、消えてしまったわけではない。自分で見ることができなくなっただけであり、時間を操ることのできる銀の民の魔法を用いれば、己の過去を引き出せるのではないかとルクスは考えたようだ。

考えが的中して鼻息を荒くしようとしたルクスに、ソウは冷静に言葉を続けた。

「ですが、残念ですけれどもう消えた一族です」

「え？」

「確かにいるとは言いましたが、今となっては数が減り、残った者たちは散り散りになっているんですよ」

「……そう、なのか」

ルクスは明らかに落胆して肩を落とした。

「でも、散り散りってことは生き残りはいるってことだよな？　なら彼らを訪ねるのは駄目だろうか」

「探すとなればかなり骨が折れるでしょうね。どこにいるかもわからないですし、必ず過去を見る能力を持つとも限りません。あくまで〝時間〟にまつわる魔法を扱える魔力を持っているというだけですから」

一縷《いちる》の望みは完全に潰《つい》えたわけではないが、それを叶《かな》えるには相当の根気だけでなく、強運をも必要とするだろう。相手がものであれば自ら動くことはなく幾らかは追跡しやすいかもしれないが、意志があり自分の足跡を隠す術《すべ》もある生者だからこそ難易度は遥《はる》かに高いのだ。

「なにもこの種に限ったことじゃないですよ。他にも特殊な魔力を継ぐ種はいますけど、今となっては途絶えているもの、銀の民と同じく各々散ったものも多いです」

昔は魔力の質は細分化していて、魔法の種類も多かったとされている。しかし今では血が混じり合い、より強い魔力の根源たる火、水、風、地の力が優性に継承されることで結果として〝時〟や〝重力〟などを操作できる魔力が消えていってしまったのだ。

将来的には四大魔法以外は潰えることになるだろう、とも言われていた。生まれてくる特殊の魔力を有した子供たちの放つ魔法の威力も年々弱まっているのだから仕方のないことだろう。

未来の可能性も低いだろうとまで説明してやれば、ルクスは肩を落とした。

「記憶を取り戻す手掛かりとなると思ったんだが、頼ることはできないのか……」

「まあ、そういうことですね」

ますますルクスはしょぼくれてしまう。

「――他に、記憶に関わることのできる魔法を扱える魔族はいないんだろうか？　それか、魔族たちに協力してもらって、どうにか銀の民を探してみるとか！」

名案だと言わんばかりに表情を明るくさせるルクスに、ソウはもはや溜め息も出なかった。

「それは無理でしょうね」

ソウはただ事実だけを答える。

「どうしてだ？」

「だって、あんたは人間でしょう。魔族と人間は似て非なる者であって、敵対しているとも教えたばかりですが。協力を仰《あお》ごうにも無駄ですよ」

魔力とは万物に宿るものであり、魔族だけのものでも人間だけのものでもなく、動物でも植物でも、鉱石や大気にさえも溶け込んでいるものである。

魔族は自分たちは周りのものと比べて知恵があるとはいえ、この星の一部であるという自覚を持ち日々を営《いとな》んでいる。そのため彼らは自然に寄り添った生活をしていた。だから自分たちがよりよい暮らしをするために森を切り拓《ひら》く人間たちと対立をしているのだ。

「魔族は古臭すぎなんですよ。しきたりだの慣習だの重んじてばかりで頭でっかちばっかりだ。排他的で、器量が狭すぎるんです。時が進むということはそれだけ時代が変わっていくということです。

いつまでも立ち止まっていることはできない。それを知って進もうとするものを、魔族は容赦《ようしゃ》なく糾弾《きゅうだん》します。たとえ同族であろうとも」

「……ソウは魔族が嫌いなのか？」

ふと腕を掴まれ、ソウは振り返る。そこにはソウを真っ直ぐに見つめる赤い瞳があった。やや眉が垂れ下がっていて、まるで寂しい、とでも言いたげな表情だ。

ソウはただ思い浮かんだ言葉を口にしていただけだった。そこに感情を乗せたつもりはなく、実際無関心で素っ気ない声音《こわね》になっていたはずである。

けれどもルクスはなにかを感じ取った。皮肉が利かぬ男であるのだから、聞いた言葉ではなく、本能で察したとでもいうのだろうか。

もしくは、〝魔族〟という言葉に反応したものであるか――。

「そうですね」

答えてから顔を前に戻して腕を引けば、呆気《あっけ》なく手は解けた。

どうせしょぼくれた顔のままついてくるのだろうと思ったが、すぐに大きな一歩で隣に並んだルクスの表情は一変し、にこにことしていた。

魔族を嫌っていることを悲しそうに問うておきながら、肯定されて喜ぶ意味がわからない。

さすがにこれには訝《いぶか》しげな眼差しを向けてしまうが、ルクスに効果はなかった。

「――魔族と人間が対立しているってことは言いましたよね」

「ああ」

「それぞれの種族には代表みたいな者がいるんですよ。魔族では魔王、人間側は御使《みつか》いと呼ばれる者がその立場です。魔王はまあいわゆる総括、王さまですね。御使いはとある条件下に置かれた人間を示すんですよ」

ちらりと横目でルクスの様子を窺えば、なにやら考え込むように沈黙していた。

「御使いは強いのか？」

「まあ、強いですね」

「ソウは御使いが好きか？」

「は？　――いや、まあ、人間はみんな好きなんじゃないですか。なにせ憎き魔族を倒してくださる存在であるわけですしね」

予想していなかった問いかけに、思わず胡乱《うろん》に思う気持ちを隠さない声が飛び出す。取り繕《つくろ》う気にもなれずに、つい適当に答えてしまった。

「そうか……なら決めた！」

突然大声を出して腕を振り上げた男に、道行く人々はぎょっとしたように目を向ける。

ソウもその一人となって足を止めた。

「ソウ、おれは御使いになるぞ！」

「……は？」

振り上げられた手がばんと両肩にのしかかる。その勢いにこのまま垂直に埋められるのかと思った。少なくとももうほんの少し込められていた力が強かったら膝が折れていただろう。

幸い実現されることはなかったが、じいんと身体の芯が痺《しび》れるようだった。とんでもない馬鹿力であるが、これでも加減されているのだから末恐ろしい。

いつもであれば、ちくちく小言を告げながら手の甲を抓《つね》ってやるところだが、今はルクスの発言にきょとんとしてしまう。

「ソウは御使いが好きなんだろう？」

にこにこと能天気な笑みを見せられて、ようやく彼の空っぽ頭に浮かぶ想像を察した。

いつまでも置かれたルクスの手に手刀を叩《たた》き込めば、するりと重しは離れていく。大して力を込めていないし、もとより非力なほうなソウの攻撃では痛みはなかっただろうが、意味を察してくれてよかったと思う。だが、何故だとでも言いたげに小首を傾げる男を見ると頭が痛くなった。

思わず額《ひたい》を押さえながら溜め息をつく。

「あんたはなれませんよ」

「おれじゃ向かないのか？」

「言ったでしょう。条件があると。あんたの記憶が戻って、その条件に当てはまる人間であればなれるでしょうけれど、誰もかれもがなれるものじゃないんですよ」

まだ納得いかない、という表情のルクスに、仕方なくソウは説明してやった。

「あんたが被《かぶ》っている帽子が異世界からここに流れ着いたように、まれに人間も世界を渡ってくることがあります。そうしてやってきた人間こそが御使いたる者と定義されるんですよ。ちなみに魔族側ではそうした人間を流者《ルシャ》と呼びます。つまり御使いとはこの世界の者でなく、ルヨカイの人間でなくてはならないんです」

二度説明させられるのも手間だと初めから丁寧に教えてやれば、理解したルクスはそうか、と肩を落とす。

が、すぐになにか思い当たったように勢いよく顔を上げた。

「だったら、まだおれがなれないって決まったわけじゃないな!?」

「は？」

「だってソウも言っただろう、おれの記憶が戻ればって。なら可能性はあるってことだ！　あっ、もしかしたら川にどんぶらこしていたのも世界を渡ったせいかもしれない……！」

「……はあ」

ついにソウは深く深く息を吐いたが、興奮するルクスが気づくことはなかった。

簡潔に説明するためにあえて口にはしなかったが、御使いは偶然時空を超えてやってくる漂流物とは違い、世界の中心となる国ガルナンドの国王の手によって召喚《しょうかん》される者なのだ。すぐに国に保護され、魔王討伐の旅に見合った仲間を用意される。万が一、事故によって御使い一人が川に落ちたとしてもすぐさま捜索されるし、それこそアダマスの失踪のように騒がれるし、特徴が記《しる》された号外が配られるだろう。

出立《しゅったつ》のときには国から装備品が贈られ、旅が始まったら御使いでしか抜けず扱えぬ剣の入手がまず先に行われる。現在の御使いはすでに剣を手に入れているため、仮にルクスが本物の御使いだとしても持っていないことはおかしいだろう。御使いの剣は呪いがかかっているのではないかと疑えるほどに、執拗《しつよう》に主《あるじ》の傍《そば》にいるものだ。たとえ手放しても自力で浮いてでもついてくるほどなのだから。

それになにより、御使いは二十年に一度しか召喚できない。今回の御使いが召喚されてまだ二年目である。

つまり剣も持たず、探す人もいないルクスが御使いであるという可能性はあり得ないと断言できるのだ。

――という事情があるが、さすがにそこまで教えてやるのが面倒になってしまったソウは結果だけを告げた。

「あんたが御使いである可能性はありません。御使いたる者はそのときそのときに一人しかいないものです。今の御使いは所在もはっきりしていますしね」

「そ、そうか……」

「今の御使いさまはとてもお強いですからね。あんたなんかが魔族討伐に張りきったところで出る幕もないでしょうよ」

「そんなに強いのか？」

「魔王城攻略も間近とされていますね。ついにアダマスも破られるだろうってもっぱらの噂ですよ」

おぉ、とルクスは感嘆《かんたん》の声を上げた。

「それよりあんたは、本当は魔族である可能性のほうが高いんじゃないですか？」

「えっ」

ルクスは頭から水を浴びせられたように目をぱちくりさせた。おまけにぽかんと口を開けていて、まったく想定していなかったと訴えている顔だ。

ソウからしてみれば、ルクスの場合、自分が勇者であるかもしれないと期待するよりも、魔族であるかもしれないと考えるほうが自然だろうから、ルクスの見せた表情にますます呆《あき》れてしまう。

「魔族と人間の外見に然程《さほど》違いはありません。彼らの特徴的な髪色で区別できたとして、あんたの金髪はどちらにもいますからね。ってことはあり得ない話でもないってことです。今のあんた記憶ないんですから、自分の出自《しゅつじ》も覚えていないでしょう」

「そ、それもそうだった……おれは魔族だったのかっ⁉」

驚くぐらいの反応はするだろう、と思っていた。これまでの実直な彼の言動からして、素直に受け取ろうとすることも予測していた。だからソウは平常心を乱すつもりはなかったのだ。

しかし、想定以上にルクスの呆け面《づら》は滑稽《こっけい》だった。

「まったく、なんて面していているんですか」

ついソウは口元を緩めてしまう。そのことでますますルクスが間抜けな表情になったことには気づかぬまま、すぐにソウはいつもの表情のない顔に戻った。

「たとえあんたが魔族だったとしても人間だったとしても、今のあんたはあんたでしかないでしょうが。記憶があろうがなかろうが、種族がどうだろうが、それだけは決して変わりはしませんよ」

自分の意志で行動している以上、それは自分自身でしかないのだ。

そんな当然なことを言ったまでのことであったが、ルクスは己の内に染み込ませるように口先で呟《つぶや》いた。

「おれは、おれでしかない――そうか。おれはおれなのか！」

「ちょ……騒がないでくださいよ」

足を止めたルクスの突然の大声に、ソウは顔を顰《しか》めて耳を塞ぐ。

周囲の様子に気がつかないまま、興奮気味に鼻を膨らまして振り返る。爛々《らんらん》と輝く瞳に、今にも抱きついてきそうな気配を察知したソウが咄嗟《とっさ》に身構えたとき、どん、と鈍い音がした。

「いってー！」

ルクスの背後から声が上がる。ソウがひょいと陰を覗き込めば、少し前にすれ違った洟垂れ小僧が真っ赤な鼻を押さえて悶《もだ》えていた。その後方に目を向ければ、ソウの視線に気がついた少年たちが逃げていく。

追いかけっこをしているうちについ夢中になり、前方不注意となってルクスにぶつかったのだろう。仲間たちにあっさり見離され、一人取り残されてしまったことを知らぬ少年は、俯《うつむ》けていた顔を威勢よく上げてルクスを睨《ね》めつけた。

「いったいなあっ！　どこ見て歩いてん、だ、よ……」

ようやくぶつかった人物を視界に収めた少年は、かちんと固まる。まさかルクスのような体格のいい大男に当たったとは思いもよらなかったのだろう。

敵も知らずに挑発的な態度をとる愚《おろ》かな少年に、けれどもルクスは笑みを見せた。

振り返っていた顔のほうへと身体を反転させると、彼の身丈に合わせてしゃがみ込む。それでもほんの少し高い目線から微笑《ほほえ》んだ。

「すまないな、少年。邪魔をしてしまったか」

「――けっ！」

ルクスの紳士的な態度を、弱腰の情けないやつと判断した洟垂れ少年は、悪態《あくたい》をついたままこの場から去ろうとする。

悪ぶって両手を衣嚢《いのう》に突っ込み、やや前屈《かが》みで行こうとする彼の襟首《えりくび》をソウは引っ摑んだ。

すぐに放してやったが、一瞬でも首が締まって苦しかったのか、呻いて咳《せ》き込んだ少年は喉を押さえながらソウを振り返る。

「なにすんだよ！　アブないだろ！」

「危ないのはおまえのほうだろうが。謝罪はないのか？　おまえが勝手に突っ込んできたのに、この人は悪くもないのに大人として対応してくれたんだぞ」

「はあ？　そんなのおれだって悪くないし」

少年はぷいっとそっぽを向く。ソウはその頰を摑んで、きょとんと成り行きを見つめるルクスのほうへと強引に引き寄せた。

「ごめんなさい、は」

「……ご、ごめんなはい」

頰に指が埋まるほど強く握られていたため、まともに口が動かせなかったのだろう。それでもしっかりとした謝罪の言葉を聞き届けたソウはさっと少年を解放してやった。

薄ら指の痕《あと》がついた頰にてのひらを当てながら、少年はさあっと走り去る。

ソウもルクスの手も届かない場所まで行くと、くるりと振り返った。

「ふざけんなちーび！」

捨て台詞《ぜりふ》を残しつつ、最後まで洟を垂らしていた少年はそのまま人ごみに紛れていった。

「おまえのほうがちびだろうが……」

顔にはおくびにも出さないものの、憮然《ぶぜん》とした気持ちでソウは呟く。

ちびにちび呼ばわりされるほど小柄《こがら》ではない。恐らくルクスの長軀が印象的すぎて、なおのことソウの背丈が低く思えたのだろう。

多少の面倒事をやり過ごして息を吐くと、立ち上がったルクスがにかりと笑った。

「ありがとうな、ソウ！」

「あんたのためじゃないですよ。礼儀のなってないクソちびが許しがたかっただけです」

「それでもだ。あの子のためになっただろう？　ソウの教えてくれた、ありがとうとごめんなさいは誰にとっても大事なものなんだな」

これ以上目を合わせているともっと騒がしくなる予感がして、ソウは顔ごと前に逸らす。

チエリ村に滞在していたとき、ソウは必然的にこの男の世話係を任せられた。初めに彼の手当てをしたのがソウであったのと、彼がソウの身を寄せていた民家に同じく世話になることになったからだった。

ルクスは今の状態と違って、まったく笑わず、ろくに言葉を発することもなかった。皆は記憶を失っているし、大怪我を負っているから仕方がないと、そっとしてあげようと不運な彼を甘やかしていたが、ソウだけがそれを許さなかったのだ。

怪我の手当てをしてもらい、なおかつ無一文にもかかわらず衣食住の世話をしてもらって、彼はなにも言おうとはしなかった。それがソウには気に食わなかっただけのことで、だから彼を静かに叱ったのだ。

自分のためになることや、自分が嬉《うれ》しいと思ったことをしてもらったときにはありがとう。相手を傷つけるようなこと、悪いことをしたと思ったときにはごめんなさい。口数が少ないことはそれでいい。しかし、世話になっているからには最低限の礼儀を尽くせ、と。

それが彼の心を動かしたのかはわからなかったが、それ以降、男はソウによく懐き、やがて笑うようになり、そしてよく話すようになったのだった。

それをよい変化と捉《とら》える村人は多く、彼を変えるきっかけを作ったかもしれないソウは何故か彼らから感謝されたのだが、今にして思えば余計なことだっただろうかと頭を痛ませる日も多い。なにせルクスの名を得た男は、最初の頃とは打って変わってなにかとうるさくなってしまったのだから。

「変なところで足止め食らいましたね。さっさと行きましょう」

「おお、そうだな！」

先に歩き出したソウに、すぐにルクスは追いついた。

「――背中をぶつけていましたけど、大丈夫ですか」

少年の顔面が当たったところに鼻水がべったりついていることはあえて口にしないまま、ソウは尋ねた。

「あれくらい問題ないさ。それより子供というのはどこだって元気なものだな。この町の子供も村の子供のように走り回っている」

「だからって、あんたも一緒に走ろうとしないでくださいよ」

わかっている、とルクスは笑っているが、はたしてどこまで信じてよいものか。

再三にわたる忠告を聞かず、村では走り回ってその度《たび》に傷口を開かせていた男をソウは気づかれぬよう横目で見やった。

ぴんとした背筋で歩く姿は堂々としており、背中に傷を負っているとは思えない。しかし旅に出たとはいえまだ完治していないのだ。

本当ならば先程の衝撃はつらいものであったはずなのに、彼なりに見ず知らずの少年を気遣ったのだろうか。

「――渡してある腕輪、ちゃんとつけているでしょうね」

「ああ、勿論！」

「いちいち見せなくたって構いませんから」

ルクスは右腕をまくり、手首に嵌めている金の腕輪をソウに見せる。ルクスの金髪のようにきらりと陽光に輝いた装飾を一瞥《いちべつ》し、ソウは気のない素振りで視線を前に戻した。

ルクスに与えた腕輪は自己治癒力《ちゆりょく》を高める魔法が込められている道具である、と説明してあった。魔法具のおかげで傷の治りも常人より格段に速まるから、決して外すなとソウは言いつけていた。

「何度も確認するようですけれど、その腕輪を勝手に外したらあんたとの旅は即終了です。おれはこの先一人で行きますから」

「わ、わかっているさ。約束だからな、ソウがいいって言うまで外さない」

二人で旅立つときに取り決めた約束がいくつかあった。

ソウの指示には従うこと。身の周りのことは自分ですること。詮索《せんさく》、必要以上の干渉をしないこと。

そして、腕輪を決して外さないこと、である。

それらが守られていないと判断すれば、たとえルクスに記憶が戻らぬままであったとしても置いていくとソウは宣言していた。

ソウはあまり冗談を言わないし、ましてや繰り返し確認するような事柄を軽んじることもしない。脅《おど》しではなく必ず実行されると、ルクスも短いソウとの付き合いのなかで理解しているからなのか。

やや神妙そうに腕輪を撫《な》でるうちに歩みが遅くなったルクスに、ソウが速度を緩めてやることはなかった。

宿でとった部屋に辿り着いてすぐに、ルクスの背中にある傷の様子を確認した。幸い少年がぶつかった影響はないようだ。

薬も塗り、手当てを一通り終えて、包帯の緩みがないことを確認してからソウは寝台の上から退いた。

「終わりましたよ」

「ありがとう、ソウ」

振り返り笑顔を見せたルクスは、脱いでいた上着を着ようとするも、袖を頭の出口と勘違いして手間取っていた。その隣でソウは手早く治療道具を片づける。

毎夜、ルクスの負った背中の傷に薬を塗ってやることがソウの日課であった。かさぶたもとれそうではあるが、忠告も聞かず飛び跳ねているようなルクスではいつ怪我を悪化させるかもわからない。なにかの拍子に傷口が開く可能性もある以上、完治に程近い状態に落ち着くまでは様子を見続けるつもりである。

ようやくルクスが頭を通した頃には、ソウは荷物を持って扉の前に立っていた。

「それじゃあおれは外に出ますから、あんたはこの部屋で大人しくしていてください。間違っても宿から出ないように」

「どこかに行くのか？」

「ちょっと」

「おれもついていっちゃ駄目か？」

「旅に同行させる前にした約束、もう忘れたんですか」

「……忘れてはない」

せがんだところで連れていってもらえることはないと悟ったのだろう。ルクスは引き下がり、しゅんと肩を落としていた。しかし大男にしおらしくされたところで憐《あわ》れむ気持ちは湧《わ》いてはこない。

「昼はどうでもいいですけれど、夜は部屋にいてください。できないのなら後はもう知りません」

「で、出ない！　ちゃんとここにいるから大丈夫だ！」

「それならいいですけれど」

ぶんぶんと首を振るルクスに、ソウは素っ気なく応えて部屋を後にした。

夜は暗いために厄介事も増えていく。酔っ払いや血の気の多い若者が騒いでいることも多く、ルクスの体軀のよさと恵まれた相貌に因縁《いんねん》をつけてくるような輩《やから》が出てこないとも限らない。それにもし真っ暗闇で迷子になったとしても、皆が寝ているような時間では道を尋ねられるような相手に巡り会うのはむずかしいだろう。

ソウはソウで夜にはやることがあって傍にいられないし、なにかあっても対処のしようがなく、なによりも面倒だ。事を起こされ手を焼くくらいならば始めから閉じ込めてしまったほうが余程いいと考えていた。

予定していたよりも宿探しに手間取ったこともあって、空はすっかり夜の色に染まっている。

宿屋を出て、点々と道の脇に並ぶ街灯の明かりに沿って道を進んだ。

騒がしい店を探しながら、ソウは別れたばかりのルクスを思い出す。

面倒事を嫌うソウがルクスの世話を請《う》け負ったのは、当然のように理由がある。

はたして彼は本当に、記憶を失っているのか——それを知るためにともに旅をしているのだ。

これまで見てきたルクスの言動に偽《いつわ》りはないように思える。演技という可能性も捨てきれはしないが、一か月近くのほとんどを傍らで観察をしていても不審に思われる素振りを見せたことはない。数日ならばまだしも、観察眼には自信があるソウの目を長期間欺《あざむ》くのは、技を磨《みが》いた役者とて至難の業《わざ》である。

それでもソウがルクスにかけた疑いが晴れることはなかった。記憶喪失は嘘《うそ》ではないのかもしれないが、まだ確信が持てる証拠を得てもいない。

ソウが何故こうもルクスを疑うのかというと、それは至って単純なことであって、彼の正体を把握しているからである。だからこそ記憶喪失を疑い、事実上監視できる範囲に置いていた。記憶を一緒に探してやる、というのはソウ自身が疑われないための、親切を隠れ蓑《みの》にした口実に過ぎない。

大怪我を負いながら川を流れてきたルクスと名づけられた男の正体は、間違いなく現在行方不明とされている四天魔人のアダマスである。

体格や髪色など身体的特徴が合っているのと、この町で号外が配られるよりも早くアダマスが行方不明になったと噂され始めた時期と、ルクスが村に現れた時期がぴたりと一致すること、無意識に発動させている魔法などによって判断できた。それに、以前に一度だけ見たことのあるアダマスの横顔と同じ顔であった。魔王城の近くを横切っただけでかなり遠目ではあったのだが、あれほど整った容貌の男はそういない。

村人たちが気づかなかったのも無理はない。あまり他の土地とは交流のない小さな集落であるし、ただの魔族ならば見かけたことはあっても、魔王城に常にいるアダマスの顔を知らないのも当然だ。

アダマスは身体能力を向上させる強化魔法を使える。そのため、本来であれば致命傷に近い大怪我でさえ二、三日もあれば完治してしまうほどの高い自己治癒力があるはずだった。にもかかわらず今も傷が残ってしまっているのはソウが与えた腕輪が原因だ。

治癒力を上げると告げた腕輪の本来の効果は魔力の抑制である。

ルクス、もといアダマスの持つ魔力を抑《おさ》え込み魔法の威力を弱め、ただの人間に近い状態にさせているのだ。

本来は完全に封じることができるのだが、さすが魔王腹心の部下である四天魔人が一人、アダマスである。彼の魔力は魔法具だけでは抑えきれず、それ故に漏れ出る魔力の影響で常人よりも傷の治りが速いままになってしまっていた。馬鹿力もそれが及ぼすものであり、その事実を隠すためにルクスには本来の効果を伏せて偽りの情報を与えているのだ。

封じきることができないほど高い魔力の持ち主には、そもそも魔力封じの魔法具を装備できないはずであるが、アダマスが川から流れ着いたとき、何故か彼は魔力の大半を消耗していた。そのおかげで魔法具の効果とアダマスの高い魔力が反発し合うことなく腕輪を嵌めることができたのだ。装着さえさせてしまえば、後は外しでもしない限りどうとでも誤魔化《ごまか》せる範囲には魔力を抑え込むことができるし、魔力を体外に放出させることによってその回復も阻むことができるのである。

魔力が底を尽きかけるほど失われていたことも気にかかることではあったが、アダマスが負った背中の傷にもソウは引っかかりを覚えていた。

すぱりとした切り口から、刃物によってつけられた傷だと断定できる。つまり鉄壁を誇るアダマスがついに敗れたと考えられた。

しかし背中から一太刀《ひとたち》、これまで連勝を重ねてきた強者が背後を突かれるような不覚をとることなどあるのだろうか。

歴代の魔王軍のなかでも随一、との呼び声もあるアダマスを打ち倒した名誉ある者が名乗りを上げないのもおかしなことであるし、もし敗北していたとして魔族側が一切騒いでいないことも気にかかる。それどころか影武者まで用意して平常を保とうとしているではないか。アダマスが戻ってくるのを信じているのか、それとも混乱を避けるためなのか。もしくは、彼の居場所を知り、なにをしているか把握しているからなのか――。

なによりあの村は同じ大陸にあるとはいえ、大陸の中央にある魔王城と違い東の隅だ。普段は魔王城にいる男が何故、東に来ていたのか。

田舎に突如として現れた記憶喪失の四天魔人の存在は、あまりにも謎《なぞ》が多すぎる。

恐らく記憶喪失の最《さい》たる原因は頭を打ちつけたことだろう。しかしそれは人間を欺くための嘘かもしれない。が、沈黙のアダマスという呼び名があるほど寡黙《かもく》な男が、ルクスの名を与えられた途端《とたん》別人のようになったのだから、本当かもしれない。なにせ黙れと言っても勝手に話しているほどだ。

疑い出したならばきりがない。それだけ彼の立場は人間にとっても魔族にとっても大きく、ふらりとどこかへ行けるような人物ではないからこそより多くの疑念が生まれてしまう。

もし一連の騒動の裏に、なにかしら意図があったとするならば――その答えを知るためにも、ソウはルクスと行動をともにしているのだ。

そのためにはまず、確証を得るための情報を集めなければならない。

今日は〝魔族〟と〝御使い〟という彼の根底にあるはずの言葉を与えてみたが、反応から知り得ることはなかった。

数日間、町に滞在する間に彼を泳がせ尾行することをソウは計画している。これまでも一人にして様子を見ていたこともあるが、所詮《しょせん》は村のなかである。村人たちのなかにはルクスを気にかけている者も多かったし、子供たちは彼を気に入り大抵誰かがまとわりついていたので、怪しい行動をするのにはいささか困難な環境にあった。この町であれば村より人は多いがルクスはただの旅人で、ソウの目さえ欺ければいくらでも隠れることができる。もしかしたらその間に仲間と接触するかもしれない。

少なくとも現段階ではルクスは信用ならない。馬鹿そうに見えても本性はあのアダマスである。一瞬の油断が命取りになるとも限らないのだから、彼がしようとしていることを冷静に見極めていかなければならない。

まずは現状でアダマスの記憶喪失は事実である線が濃厚だ、と〝彼〟に伝えなければ――と、考えながら歩いているうちに目当ての酒場に辿り着き、ソウは頭の整理を止めた。

軒《のき》を連ねる店がほとんど明かりを消して扉にしっかり鍵をかけていても、酒場は夜こそが営業時間だ。それほど騒がしくないまでも、賑《にぎ》やかな笑い声が店内から外に漏《も》れ出ている。

店に入るなり、けぶる紫煙が鼻についた。

新参者に皆がそれとなく目を向けてくるなか、ソウは真っ直ぐカウンターに向かって端に腰を下ろす。

客たちは各々席に座り、酒を酌《く》み交わしながら仲間との談話を楽しんでいた。客層はやや年代が高めなようで、さっと目を配らせ見れば中年の男が多いことがわかる。無精《ぶしょう》ひげを蓄《たくわ》えた者が多く、お世辞《せじ》にも上品と言える顔立ちは少ないが、かといって荒れくれ者の集団というわけでもない。少々深酒が好きな町人たちが集まっている程度で、店内の汚れも少なく、治安はさほど悪くないようだ。なかには女も数人混じっていて、男に肩を抱かれながら耳元でささやかれる言葉にくすくすと笑っている。

店主に酒を注文する。出てきたクルッコ酒をいかにもつまらなさげに、ちびちびと舐《な》めるようにソウは飲んでいく。

クルッコ酒はその名の通りクルッコの実で製造された果実酒である。甘く飲みやすい味のためつい飲みすぎてしまうが、その割にはアルコールの度数は高く、気がついたときには足元がふらつくほど酔っぱらってしまっていることも少なくはない。

加減に気をつけながら、一緒に注文したクルッコ酒に合う一口大に切られた干し肉を齧《かじ》る。牛の味を引き立てるために控えめに振りかけられた香料が時折ぴりっと舌を刺激してうまい。

一人酒をしていると、程なくして豊かな長髪を背中に流す女が隣に腰を下ろした。机に肘をつくっいでというように、豊満な胸を重たげに乗せる。

「彼と同じお酒をちょうだい」

身体の輪郭《りんかく》を見せつけるかのようなぴったりとした服を着る女は、ソウに微笑《びしょう》を向けながら店主に注文をした。

ソウは傾けていた杯《さかずき》を口から離して、彼女に愛想のいい笑みを返した。

「お姉さんはこの町の人ですか？」

「ええそうよ。あなたは見ない顔ね。旅人さん？」

ソウが頷けば、やっぱり、と女は口元の弧《こ》を深くする。

気まぐれに見知らぬ若い男にちょっかいをかけに来たのだろう。

「よかったらおれの話し相手してくれません？」

「そうねえ……」

初めからソウを目当てに寄ってきた女は悩む素振りをする。予測していた反応に、ソウはむくれたようにわずかばかり唇を尖らせた。

「実は今夜、フラれたばっかりで。傷心気味だったんですけれど、お姉さんの答え次第では幸運な男になれるかも」

「あら、そういうことならいいわよ。それに、趣味も合いそうだしね」

話の途中で店主から出されたクルッコ酒を一口含んだ女は、艶然《えんぜん》と目を細める。ちらりと濡《ぬ》れた唇はふっくらとしていて、ゆとりのある笑みは色気があった。ソウより年上ではあるが、生娘《きむすめ》にはない密な美しさを身に纏っていた。

ソウは手元にあった肴《さかな》を二人の間に滑らせて、杯を女に差し出す。女も同じく杯を前に出した。

「乾杯」

二人は言葉を重ねながら、ふたつの木製の杯で軽く音を立てた。

三軒の酒屋を巡り、四人の男女との会話を弾ませたソウが宿屋に戻ってきたのは、空の端が白み始めた頃だった。

酒を酌み交わしながら語らうと人は饒舌《じょうぜつ》になる。そのおかげで、酒場の雰囲気にさえうまく溶け込めれば相手からの情報は引き出しやすくなるのだ。

帰路に就《つ》いている間に集めた情報を頭の中で整理する。

今のところそれほど重要な内容も、なにかに関連する事柄もありそうにはない。日中すれ違った人々も平常を過ごしているように見えたし、ひとまずはこの町が危機に陥《おちい》っていた状況であることはなさそうだ。

ソウは宿を二部屋とったので、ルクスとは別に各々の部屋で過ごすことになっている。二階の突き当たりにある右側がこの町でのソウの部屋になり、その隣がルクスに割り振られた部屋だ。

ソウは奥側になる自分の部屋ではなく、ルクスのいる部屋の扉の前で足を止めた。

袖の裏に隠している針金を取り出し、鍵穴に向かって構えるが、ふと思い留まって取っ手に手をかける。

案の定鍵はかかっていなかったらしく、扉は呆気なくソウの侵入を許してくれた。

鍵のことを説明するのをすっかり忘れてしまっていた。今度教えてやらなければならないだろう。いくら貴重品はすべてソウが預かっているとはいえ不用心だと思いながら、取り出していた針金をもとの場所に戻す。

頭がひとつ入る分だけ開けた扉の隙間から部屋を覗き込む。

ルクスは寝台の上にいるようだった。窓掛け《カーテン》はしていなかったらしく、薄らと光が滲《にじ》み出すなかで毛布は歪《いびつ》に膨らみ、呼吸に合わせて小さく上下しているのを確認した。

最低限の収納棚《だな》と寝台があるだけの狭い部屋では、数歩進んだだけで男の隣に辿り着く。

足音も立てずに忍びよれば、毛布からちょんとはみ出た顔を見つけた。

熟睡しているのか、口の端から涎《よだれ》が垂れている。なんとも呑気《のんき》な顔であり、寝息もすこぶる安らかだ。ソウの気配に目を覚ます様子もない。

しばらくルクスの寝顔を眺めたソウは、なにをするでもなくその場を後にして、隣にある自分の部屋へ向かった。

鍵をかけ、窓掛けも隙間なく閉じてから、懐からてのひらに転がるほどの小さな蒼《あお》い玉を取り出す。結界を生み出す魔法具である。これを発動させれば、たとえ鍵が破壊されたとしてもソウの許可を得ない者は入室できないのだ。

玉を扉に押しつければ、まるで溶けるように半分ほどが埋まっていく。淡く輝いた玉を中心に蒼いほのかな光が三度、波打つように天井に、壁に、床にと波紋を広げた。

魔法具の発動を確認したソウは、ようやく頭に巻きつけていた布を取り払う。軽く頭を振れば、隠されていた一房《ひとふさ》だけ長い髪が肩を撫でた。

最後にもう一度だけ結界の効果が発揮されていることを蒼く輝く玉で確認して、ようやく寝台に寝転がった。

毛布を頭の先まで引き上げて、猫のように丸くなる。

はあ、と深い溜め息をひとつつき、ソウは静かに目を閉じた。

扉が軋《きし》むほど激しく叩かれる騒音に、ソウはのっそりと起き上がった。

「ソウ！　大変だ、ソウ起きてくれ！」

眠たい目を擦りながら、まず先に枕元に置いていた布で頭を覆う。

欠伸《あくび》を嚙み殺しながら窓にかかる布を開けてみれば、気持ちのよい日光に目が眩《くら》んだ。すっかり日が出ているようだが、太陽の位置は高くはない。ソウが眠りに就いてからまだそれほど時間は経過していないようだ。

「ソウ、いないのか!?　ソウ～っ！」

状況を確認している間にも、扉の外ではルクスが騒ぎ立てていた。

まだ宿泊の予定は続くのに、店に迷惑をかけて出入り禁止にされては困る。他の客からも非難されてしまうし、なによりこのまま放っておいてもうるさいままだろう。

諦めてソウは結界を作り出していた玉を扉から取り外し、解錠して扉を開けた。

「っ、ソウ……！」

ルクスも起きたばかりなのだろう。毛先が寝癖《ねぐせ》で跳ねていた。折角《せっかく》の男前が形無しだが、なによりも切羽《せっぱ》詰まった叫び声から予測していた通り、今にも雫《しずく》が垂れそうに潤《うる》んだ瞳がよりいっそう彼を情けなく見せている。

「朝っぱらからなんですか。おれはまだねむ――」

「助けてくれ、ソウ！」

ソウの言葉を遮り、ルクスは叫ぶ。

大きく横に開かれた両腕に、抱きつかれることを予測してさっと後ろに避ける。空振りしたルクスは、なんで避けるんだと言いたげに眉を垂らした。しかしどんな悲壮感漂う表情をされても受け入れるわけにいかない。気が動転しているらしいルクスに抱擁されるなどした日には骨が折れるかもしれないのだから。

「とにかく落ち着いてくれませんか。一から話してください」

「ソウ……おれ、病気なのかもしれない……」

「は？」

これまで散々騒ぎ立てていたルクスは、項垂《うなだ》れるように肩を落とした。

「それがな、朝起きたらなんか立ったまま戻らなくて……」

すっかり消沈して俯いているとばかり思っていたが、ルクスが自分の下半身に目を向けているだけだということに気がつく。

視線を辿ってソウも彼の下半身を見れば、股間のものが服を押し上げていた。

状況を理解したソウは、あまりに呆れて言葉を失う。

「今までも少しあれだったことはあるんだけれどな、でも今日はいつまで経っても治らなくて……！　それにいつもよりぴんとしているんだ！　なんだかかたくなっているし……ソウ、おれはこのまま死ぬのか⁉」

沈黙するソウに不安を掻きたてられたのか、ルクスは顔を上げると早口になりながらソウに詰め寄る。両肩に置かれた手の力から彼が痛いくらいに救いを求めているとわかったものの、ソウは冷めた目をルクスに向けた。

「とりあえず部屋でシコってきたらどうですか」

「……しこる？」

小首を傾げられ、思わず頭を押さえて呻きたくなった。

そういえばこの男は記憶喪失なのである。食う寝る遊ぶと基本を押さえておきながら、まさかこんな生理現象のことを忘れているとは誰が思おうか。

朝目覚めたとき、股間の逸物《いちもつ》が勃《た》ち上がっていることは健康的な男児であれば生じる自然な反応である。人間だけに限らず魔族とて同じことだ。

これまでは怪我や慣れない旅の疲れ、記憶喪失である精神の不安などもあって、ルクスのものも大人しくしていたのだろう。それが数日ぶりに寝台で横になりぐっすり眠ったことで元気になってしまった、といった具合だろうか。

朝勃ちという現象を知らないのであれば、当然処理もしてこなかったはずだ。二十代後半程の容姿なのだから、まさか枯れていたわけでもないだろう。たとえ性事に淡白だったとしてもよく今までなにもせずに過ごせてきたものだ。

どう説明したものか、と頭を悩ましつつ、ソウは手を前に出す。

「こう、勃ったものを擦って……」

つい自分のものの太さを握るように指先を丸め、上下に動かす。

ちらりとルクスを見やれば、理解できなかったらしく、頼りない表情のままだった。

「とにかくあんたの気持ちのいいようにやればいいんですよ」

「気持ちよくなるのか？」

「まずはさっき教えたみたいに手を動かしてみてください。あ、自分の部屋に戻ってやってくださいね」

「わ、わかった……」

心許なげながらもルクスは頷くと、ソウの部屋を出ていく。

騒ぎのもとが立ち去り、ようやく一息をついたソウは開けっぱなしのままにされた扉を閉めた。

なんだかどっと疲れたような気がする。

ルクスとともにいる理由は、彼が本当に記憶を失っているのか、それともなにか裏があり騙《だま》そうとしているのか見極めるためだった。しかし今、それ以前にルクスが本当にアダマスであるのかさえ疑わしく思えてしまう。むしろ単なるそっくりな他人であってくれれば、どんなにいいことか。

二度寝をしてしまおうと結界を張り直そうとしたが、隣から聞こえてきた短い悲鳴に手は止まる。

仕方なく歩き出したソウは、すぐ隣にあるルクスの部屋の扉を叩いた。

「大丈夫ですか」

「ソウ……」

なかから救いを求める声に呼ばれ、ソウは鍵のかかっていない扉から部屋に入る。

ルクスは寝台の上に胡坐《あぐら》を掻いて背を向けていた。ソウに気がつき振り返った瞳には薄らと涙が滲んでいる。

「加減がわからないんだ。どうすればいいのか……」

先程の悲鳴は痛みを覚えてのことだったらしい。

いくら記憶喪失といえども、これまで日常的にそこには触れてきていたのだから、どれだけ繊細《せんさい》なところであるのか知っているはずである。それを何故、痛みを覚えるほどに握るのだろうか。同じ男として理解できない。

しかしルクスは勃起状態を病と勘違いしたほどで、死ぬかもしれないと怯《おび》えてさえいた。ソウの想像以上に彼の混乱は深いのかと思うと、寝不足という理由でおざなりにしていた対応をいささか申し訳なく感じる。

　このままでは本格的にベソを掻きそうなルクスを前に、逡巡《しゅんじゅん》したソウは大きな溜め息をひとつつく。

「教えるのは一回だけ、ですからね」

「教えてくれるのか……？」

「次からは自分一人でやってくださいよ」

　ようやくルクスの表情は晴れ、笑顔が戻った。

　のろのろと歩み寄ったソウは、靴《くつ》を脱いで同じように寝台に乗る。

　ソウの指示通り一度は行動したルクスの下半身のものは、すでに窮屈《きゅうくつ》な服から解放されてぽろんと外に出ていた。その体軀に見合う立派な逸物は、性のことなどまるでわかりません、と言うには凶悪すぎる。

　ろくに処理されず溜まっていた影響なのか、力強く張りつめていた。しかしまだ全力にはなっていないようで、ここからさらに大きくなるのかと思うと、これまで彼の相手をしたであろう人物に同情せざるを得なかった。

「力、入れないでくださいよ」

　ルクスの手を取り、自分のものを握らせる。その上からソウは手を重ね、導くようにそろりと動かした。

上下に動かし、次第に握る力を強めていく。

「――っ」

息をのむ音が聞こえて、他人の手をひとつ挟んでいてもさらに熱量が増したことを感じる。先端からは透明な先走りが滲み出し、滑りがよくなった。揉むように指を動かせば、操られるように同じ動きをするルクスの手が自身を刺激する。

声を耐える代わりに、艶《つや》がある息がそろりと吐かれる。やけに熱っぽいそれに、確かな質量に、他人の傍らにいることを嫌でも自覚させられた。ルクスの体温が上昇しているせいか、密着していないのに空気から温もりが伝わってきそうで居心地悪く感じる。

ふと視線を感じて目を上げると、真っ直ぐに自分を見つめる瞳と視線が絡《から》んだ。快感を得ているのか、ルクスの頬はいつもよりも赤みが差している。瞳は薄らと潤んだままで、奥からは本能が知る欲が炎の揺らめきのように覗いていた。

ソウもルクスの目を見つめ返しながら、手のなかのものを強めにぎゅっと握る。

「いっ」

微《かす》かな痛みではあるが唐突な刺激に、咄嗟にルクスは眉を寄せた。

向けられた非難めいた眼差しに、すぐに力を弱めてソウは教えてやる。

「不作法ですよ。こういうときは、好みの相手でも思い浮かべるものです」

「そう、か」

「やりづらいんで、今は目を閉じといてください」

素直にルクスは目を閉じて、ますます無防備な姿をソウに晒《さら》す。

いくら指導とはいえ、同じ男に自身のものを扱《しご》かれているというのになんの抵抗もないルクスが不思議だった。ましてやソウはすぐに人の陰に隠れてしまいそうな地味寄りの平凡顔だ。特別女顔というわけでもないのに、ソウの顔を見ていてはむしろ萎《な》えてしまうものではないのだろうか。

ソウの疑念を余所《よそ》に、ルクスの呼吸は速くなっていく。

「そ、ソウ、漏れそう、だ……っ」

欲を帯びた吐息《といき》が耳元を撫で、ぞわりと背筋が痺れた。

くすぐったかっただけ、と自分に言い聞かせながら、鼓膜《こまく》に絡むルクスの熱から逃れるように、いつの間にか詰めていた息を吐き出すようにして言った。

「――今はそれでいいんですよ、そのまま出しちゃってください」

ルクスの全身に力が入って、咄嗟にソウは先端を左手で覆う。

「は、ぁっ――」

てのひらでルクスの吐き出した白濁《はくだく》を受け止める。

肌に直接触れた欲望の熱を、他人のものだからと手早く身近にあった毛布で拭《ぬぐ》った。

「し、白いおしっこが出たぞ……それになんだか変な匂いだ……ソウ、おれはやっぱり病気なのか!?」

「違います。これは男にとっては正常な反応なんですよ。後でちゃんと教えますから、とりあえず今は黙っていてください」

射精の余韻《よいん》を表情に浮かべながらも、あくまで普段と変わらない様子のルクスにソウは何度目かになる溜め息をついた。

「あんた、このことを他の人に言ったら駄目ですからね。特に女性には。いくらその顔だって変態扱いされます。犯罪者になりたくなければ黙っといてください」

「な、なんだと……これは悪いことなのか!?」

「……――あーっと、とにかくその股間の問題は全部おれに相談してください、ってことです」

「わかった!」

面倒でつい簡略的すぎる説明になってしまったが、それでもルクスは納得したのか軽快に応えた。

これでおしまい、後はゆっくり眠れるだろうとソウは早々に寝台から下りようと床に転がしていた靴に目を落とすと、視界の端のルクスが不意に傾く。

ソウが顔を戻した頃には、彼の額が肩に押しつけられた。

「――ソウ、他人の匂いがするな。あまり好きじゃないやつだ」

すぐに押しのけなかったのは、まだ手が汚れていたからだ。

その原因はルクスにあるのだから、押し返しても許されるだろうかと悩んでいるうちにぽそりと呟かれる。

恐らく昨夜《ゆうべ》、ともに飲み交わした者たちの匂いがついてしまったのだろう。特に初めに相手をした女はやたらと距離が近かったことを思い出す。

他にも店内に充満していた煙草《たばこ》の煙も染みついていることだろう。鼻が利く男だと思いながら、煩《わずら》わしさにやや眼差しをきつくした。

「詮索しないでもらえますか。それよりもおれはさっさと手を洗って眠りたいんで離れてください」

「出かけないのか？」

「今日はのんびりします。ここんとこずっとあんたのお守《も》りでしたからね」

「そうか」

ソウが答えてようやくルクスは頭を上げる。その表情はどこか安堵《あんど》したような、穏《おだ》やかな顔をしていた。

何故今のやり取りでそんな表情になるのか、ソウには理解できなかった。

もともと思考が単純そうな割に、時折読めぬ男である。その実、結局のところ明快なものであるのだろうから、考えるだけ無駄だとソウは早くも思案することを止めた。

「あんたは自由にしてもいいですよ。ただしあんまり羽目《はめ》を外しすぎないでください……っていうか、もう一発くらい抜いといたらどうですか。今度は手伝いませんけど」

「抜くって、さっきのやつだよな？　なんとなくわかったからもう大丈夫だ。それになんだかすっきりしているからな！　外にがーっと出たい気分だ！　お日さまを浴びたい！」

「そうですか」

急に声を張り上げ出したと思ったら、すっかりいつものルクスに戻っていた。ソウに手伝われ欲望を解消したというのに羞恥心《しゅうちしん》など微塵《みじん》も感じられない。

早いところ性教育を済ませなければと頭を悩ませつつ、ソウはべたつく手を気にしながら部屋を後にした。


ルクスと旅を始めてから、みっつめの町へ向かっているときのことだった。

近道となる山を越えようと、緩やかな斜面を登っているときに、天候が崩れ始めていることに気がついた。

風も湿った匂いが混ざり、もうじき雨が降りそうなことを予感させる。まだ日差しが真上に上ってから少し経ったくらいだったが、ちょうど雨宿りのできる洞穴を見つけることができたので、早々にそこを今日の寝床と決めた。

ルクスに薪《たきぎ》を拾ってくるように命じてこの場から離れさせ、彼の気配が遠ざかってから、ソウは懐に仕舞っていた小指ほどの木笛を取り出す。

空を見上げながらピッ、と短く鳴らせば、鈍色《にびいろ》の雲を弾くような眩《まばゆ》いまでの真白《ましろ》の鳥が現れた。

ソウが腕を出せば、そこに鳥は降り立つ。

「ありがとう。今日も迷わず見つけてくれたな」

指先で頭を撫でて、用意しておいた手紙を彼の脚に括りつける。その上から雨避けのための革《かわ》の帯を巻きつけて固定してやり、飛行の邪魔にならないことを確認した。

「それじゃあ、あの人のもとまで頼む。気をつけて」

クッ、と鳥は鳴き、任せておいてよ、とでも言うようにふっくらとした羽毛豊かな胸元を一度前に突き出した。

おやつ用にとソウが旅の途中で捕まえておいた鼠《ねずみ》を一匹与えると、彼はそれを丸のみしてから空へと羽ばたいていった。

遠くに青空の色が見える方向へ、真白の鳥が行くのを見送る。雨の匂いが運ばれる方角とは反対であるから、途中で降られる心配はないだろう。

翌日の定期報告のときに送り出してもよかったのだが、このまま近くで待機させて雨に濡れさせてしまうのは、いくら彼が平気だとしても気が引ける。それに雨足次第では明日のうちに次の町に到着することも難しくなるので、どうせ報告しなければならないような話題も鳥を送り出すまでには溜まらなかっただろう。

ソウが鳥を見送り、火を熾《おこ》す準備と荷物の整理を終えたところでルクスは戻ってきた。

「沢山あったぞ！」

「ありがとうございます」

顔を覆うほどの高さまで薪を両腕に積み重ねている。どうやってそこまで一人で積み重ねられたのか気になったが、得意げにして褒《ほ》めてくれと言わんばかりの眼差しに口は重くなった。

ルクスを待つ間に地面に掘っておいた浅い穴に、焚《た》きつけ用の細枝を放り込み、近場から採っておいた枯草を上に載せる。

荷物から出して並べておいた火をつけるための魔法具を手にしたところで、ルクスが控えめに口を開いた。

「なあソウ、今日はおれにやらせてくれないか？」

「駄目です」

以前この魔法具をルクスに貸したところ、使用方法もろくに聞かずに自分自身を燃やしかけたことがあった。幸いなことにルクスの前髪がいくらか焦《こ》げついた程度で済んだが、以来、決して彼には触れさせていない。

一度自分がやらかしてしまっただけに、ルクスもしつこく食い下がることはなかった。

しょぼんと肩を落とす姿が見えるが、気にも留めないまま、真っ黒なただの棒にしか見えない魔法具の先端を保護する、同色の筒を取り外す。

筒のついていた先で、すうっと葉を撫でる。すると火の気のなかったはずのそこから火がついて、ゆっくりと周りに浸食を始めていった。

まだ小さく頼りない火に薪をくべるソウの隣で、それを大人しく見つめていたルクスが、ふと呟いた。

「おばあさん、元気にしているかな」

唐突な話題にすぐにぴんとはこなかったが、記憶を辿ってようやく思い浮かぶ。

ルクスとソウが宿代わりにしていた家の主である老婆のことだろう。二人が共通して知っているおばあさんはそのくらいしか思いつかない。

「さあ。あのばあさんなら猪《いのしし》に狙われたってぴんぴんしているでしょうよ。むしろそいつを肴に一杯やっているんじゃないですかね」

「そうだな……おばあさんなら、やる」

ルクスはやけに神妙な顔つきで頷いた。

そんなことをする老婆などそう滅多にいるわけがない。どうやらルクスの認識と同じ人物であったらしい。

記憶喪失だと判明したばかりの頃のルクスはなにも話さず、動くこともなく、その恵まれた体格やいわくつきの背中の傷などから、当初は村人からなにを考えているかわからない男だと恐れられていた。そんな彼に様々な注意をしたのはソウと老婆くらいなものである。

老婆は普段不機嫌そうな顔をしていたが、実際はただ粗暴なだけの人好きな性格で、笑うと前歯が五つしか残っていない口のなかをにいっと見せるのが特徴的だった。

「そういえばソウ、別れ際におばあさんになにか渡していたよな？　あれはなんだったんだ？」

ソウと同じように気の抜ける彼女の笑みを思い出したのか、ルクスは口元を緩ませていた。そうして村にいた頃を振り返っているうちに、あの場所を出たときのことも蘇《よみがえ》ったのだろう。

「あれはただの種ですよ。ばあさん、膝が悪いって言っていましたから、関節の痛みを和《やわ》らげる薬草の種を持っていたので渡したんです」

「そうか。そのためにか」

ルクスの笑みはますます深くなっていく。

嫌味はないが、なにか含みのあるそれにソウは眉をわずかに寄せた。

「――なんですか」

「いや、ソウは優しいなと思ってな」

「荷物を減らしたかっただけですよ。どうせ、持っていても使う当てはなかったし、捨てるよりかはあげたほうがいいじゃないですか」

未来の処分品を押しつけただけ、と言っても生温かな表情は変わらず、ソウは居心地の悪さに顔を火のほうへ戻す。

――優しいなんて言われたのはいつ振りだろうか。

記憶を辿ってみるが、思い当たる節《ふし》はなく、もしかしたら初めて告げられた言葉なのかもしれない。ずっとひとりで生きてきて、他人を思いやるゆとりなどなかった。たとえ親切の振りをしたとしても、献身的な思いなど微塵もないし、結論として自分の利益のためになることしかしていない。

老婆の痛みを軽減させるためではなく、旅の荷物を減らすため。

ルクスのことも、確かに旅に連れ出してやったが、それはあくまで目的のためだ。だからルクスには親切にはしてやらなかったし、むしろ必要以上の世話は焼かず、素っ気ない態度をとってきた。

これまでのそんなソウの姿を見てきてもなお、この男はソウを優しいなどと言ってのけるのか。

そもそも人に向かって、あなたは優しい人だ、などとわざわざ口に出す者はいない。そういうことは、他意はなくとも他を評価する立場であると告げているようで偉ぶっているように思われることもあるし、改めて伝えることでもない。もし仮に、なにかしらの下心を抱いたうえでの親切であれば、相手の神経を逆《さか》なでしたり、良心を傷つけたりする結果にもなるだろう。

ソウ自身、見せた覚えのない優しさの存在を押しつけられて迷惑に思った。自分のなにを知ってそんな口を利いているのだ、と。だがそれは困惑に近いものだったのかもしれない。

――何故ルクスは、そんな言葉を伝えてくるのだろう。優しくなどしていないのに、すべては自分のための行動だというのに。

視線の先では、ソウの熾した火がゆらゆら揺れていた。そういえばルクスを拾った直後、一晩中彼の看病をさせられたのだった。そのときも川の水に奪われた彼の体温を取り戻すため、こうして火の守りも兼任していたことを思い出す。

「旅を始めたときも、最初の町に着いたときも、色々教えてくれたよな」

ソウが薪の枝を追加している間も、記憶を辿り始めたルクスはそれを止めるつもりはないようだ。

「あんたが聞いてくるからですよ。それに、最低限のことを覚えておいてもらわないと、同行しているおれが恥掻くので」

面倒臭くなりそうな予感に、つい言葉に溜め息が混ざる。聞こえていたはずだが、ルクスが気にするはずもなく、今度はソウの視線の先に顔を出すと、嬉しそうに自分の頭を指差した。

「それにこの帽子！　買ってくれた！」

「あのときも言いましたけれど、あんたに言うこと聞いてもらうためですから」

「だけど、それだけじゃないぞ。おれの病気――じゃなかった。勃起を治めてくれた！」

「……あの状態でうろつかれちゃ困りますから」

帽子のことはともかく、そのことまで持ち出すか。ルクスの言葉にソウは脱力してしまう。あのときは病気なのかもしれない、このまま死んでしまうのではないかと大げさに騒ぎ立てていたのを静かにさせたかったたし、その後にも一人でまごついているから仕方なく手ほどきしてやっただけだ。

どちらのことも決して善意でやったわけではないのに、それらをすべて優しさと捉えるほど能天気な思考が時折羨《うらや》ましくも思える。決して、ああなりたいわけではないが。

ふとルクスが下を向き、なにやらもじもじと身体を揺すり始めた。

「ここで漏らさないでくださいよ」

「ちがう、そうじゃなくてだな」

落ち着きのない様子に、尿意でも感じたのかと思ったが、ルクスは俯きがちのままに首を振る。

少しの間ルクスは唸ると、決意したようにぱっと顔を上げた。

胡坐を掻いていた足を一度崩して、膝を折って居ずまいを正す。

ぴんと背筋を伸ばした気持ちのいい姿勢から、地面に額がつくほど深く頭を下げた。

「ソウ、またしたい。じゃなくてさせてください」

「……ちょっと思い出したくらいで催さないでくださいよ」

どうやら連想していくうちに、ソウに初めて処理してもらった日の詳細まで振り返ってしまって我慢ができなくなったらしい。

「駄目か？」

冷たい声音を出したつもりであったが、ルクスには効かないようだ。

ちらりと顔を上げ、上目遣いで見られたところで、自分よりも体格のいい男の仕草など可愛《かわい》くもなんともない。が、その下のやや膨らんだ股間を見れば諦めるより他になさそうだ。

「はあ……一回だけっすからね」

「ありがとうソウ！」

雰囲気もなにもない爽快《そうかい》な笑みを浮かべてはいるが、その頼み事は本来多少なりとも淫《みだ》らに滲むものがあってしかるべきではないのだろうか。

そう思いながら、ソウはまたひとつ溜め息をついた。


ルクスは被っていた帽子をとると、傍らにそっと置いた。

今でも時折その存在を主張してくることもあるように、随分と大切にしているようで、注意しなければ食事のときでも身に着けている。自ら外すときは汚してしまいそうなときと、眠るとき。そして、今のような状況だけだった。

立てて広げたルクスの膝の下にできた隙間に、ソウは足を潜《もぐ》らせ密着する。

厚い胸板が目の前にある。すでに期待に興奮しているのか、触れ合っているわけでもないのに彼の熱を感じる気がした。

「目、つぶっていてくださいよ」

これまでも同じ指示を受けてきたルクスは、大人しくソウの右頬の傍に頭を寄せて目を閉じる。

布地を押し上げるルクスのものを解放してやり、上下に軽く扱いただけでさらにかたく張りつめた。

「ソウ……ソウも、いっしょに」

掠《かす》れた男の声にぞくりと背筋が震える。

耳にかかった吐息のせいではあるのだが、反応してしまったことが癪《しゃく》で、手のなかのものをやや雑に扱えば、痛かったらしいルクスが小さく呻いた。

「やりたいんなら勝手にやってください」

投げやりな答えを受け取ったルクスは、目を閉じたままソウの下半身に手をかけるが、見えていないからか手間取っている。

仕方なく自ら前を寛《くつろ》げてやれば、下着に収まるソウのものが取り出された。

自分のものよりも一回り大きい手に、弱い場所が握り込まれる。

反応していなかったが、柔らかく揉まれているうちに、目の前の男の熱と馴染んで芯を持ち始めた。

「ソウ、気持ちいいか？」

「っ、は……やるなら黙れ……」

殴りつけるように広い肩に額を押しつけるとルクスは口を噤んだ。

身体の中心に熱が集まっていく。節くれだった指が絡みつき、先端に滲むものを知らしめるように塗り広げていく。その度にソウは耐えきれぬ息の震えを、それでも誤魔化そうと苦心する。

男は誰だって擦られれば反応するのだから、感じてしまうことは仕方ない。

そうは思うが、力が抜けていくほど快楽を覚えているなどと知られたくなくて、手が緩みそうになりつつ半《なか》ば意地でルクスの凶悪なものを扱く。

さっさと欲望を解消させて終わらせようとソウが両手を使おうとしたところで、不意に耳元でルクスが唸った。

「すまない、ソウ……っ」

腰に手が回り、強引に引き寄せられる。密着した下半身はルクスのものとくっついていた。

自分よりはるかに存在感があって、熱くて、かたくて。力強いルクスの雄《おす》に思わず手を離して腰を引こうとしたが、押さえ込まれた身体は微動だにしない。

大きなルクスの手が二本まとめて握り、上下に擦り上げる。

わずかに汗ばむルクスの首筋が頰に当たった。それに息をのんだのは彼か自分かわからない。

「くっ……――」

腰に回された腕に力が籠《こ》もり、ルクスは欲望を放つ。それに一拍遅れてソウもルクスのてのひらに吐精《とせい》した。

つかの間、互いに身体を預け合いながら呼吸を整える。

先に熱を引かせて平常を取り戻したソウは、いつまでも甘えてくる巨体を押し返すが離れようとしない。

仕方なく隣にある顔にそこそこの勢いで頭突きをした。

「あだっ」

鈍い音とともに、逃げるようにルクスの顔が横に避けていく。それでものしかかり続ける重みに、ソウは少しばかり声音に険《けん》を込める。

「とっとと離れてください。すっきりしたでしょう」

「そ、それもそうだが……」

「暑苦しいです」

とりつく島もないことをようやく理解したのか、ルクスは身体を起こす。

ソウは軽くなった身体を捩《よじ》って、脇に置いていた鞄《かばん》から手巾《しゅきん》を取り出しルクスに投げた。

自分は別の布地で手のべたつきを擦り落としながら、流されすぎている自分に内心で深い溜め息をつく。

ルクスと今のように扱き合うようになったのは、彼に性に関する知識を授けてからだ。

幸いにも文字が読めることを知っていたので、ソウから口で説明するよりも書物の正しい情報を与えるべきだと判断した。そして彼に本を授けて勉強をさせたのだ。

それ以降、ルクスは朝勃ちでは騒がなくなったし、病気かもしれないという不安も杞憂《きゆう》であることを学んだようだ。

これでもう面倒には巻き込まれないだろうとソウは高を括ったのだが、それが甘い考えであることはすぐに理解した。

どうやらルクスは独《ひと》りでは性処理をできない性質らしい。なかなか達せないのだと泣きついてきて、他に相手を宛てがうわけにもいかず、仕方なくソウが付き合ってやることになった。

そこにソウの処理も兼ねたのは成り行きである。

自分のものを扱えば快楽を得るのだと学習したルクスは、ならばついでにソウも一緒に気持ちよくなろう、と半ば強引に行為に引きずり込んだのだ。

始めはソウとて抵抗したが、なにせルクスは馬鹿力である。そしてあまり人の話を聞いておらず、抵抗するのも疲れるだけだとソウは流されてやることにしたのだ。

ただ扱き合うだけならば問題もない。それ以上の行為に及ぼうとするならば容赦なく急所を握りつぶしてやろうと考えているが、いくら記憶のないルクスとて、まさか男であるソウを押し倒すことはないようだ。

触り合う程度なら雰囲気にのまれて致してしまっても、抱く抱かれるでは理性が引き留めるのだろう。

手は拭いたが匂いもべたつきも取りきれず、汗ばんでしまったこともあって、二人は近くの川に向かうことにした。

「なあ、ソウ」

「なんですか」

先を歩いていたソウは振り返ることなく呼びかけに応えた。

「いつも頭に布を巻いているよな。とらないのか？」

「あんたがいるからですよ。一人きりになったら外します」

「蒸れないか？」

「別に熱くないですから」

「つけっぱなしは禿《は》げないか？」

「禿げないですよ。それに、禿げたら禿げたでもう二度と外さないだけなのでいいです」

今までに一度としてルクスの前で外したことのない真っ黒な布が気になるのだろう。後ろを見ずとも、彼の視線が今ソウの頭に向けられていることなど容易に想像がつく。

この下にはただ髪があるだけだが、隠されているからこそ疑いたくなるらしい。

「も、もしかして、本当は禿げている……？」

「あんまりくだらないことばかり言っているとはったおすだけじゃ済みませんよ」

「……す、すまない」

ようやく口を閉ざしたルクスに隠れて溜め息をひとつついたところで、目的地である川が見えた。今日の野宿場所を探したときに見つけておいた場所だ。

川幅は広く、腰まで浸《つ》かるほどの深さはあるので、万が一獣に遭遇しても川に飛び込めば追っては来られないだろう。

左岸の川べりにしゃがみ込み、水面を覗き込む。

水は不透明でわずかに泥が混じったような色をしていたが、ソウは気にせず特有の匂いを纏いながらべたつく手を丹念に洗った。いつもより熱い身体には水の冷たさは心地よく、気も引き締められる。

ルクスも同じように水に手を差し入れてばしゃばしゃと肌を擦り合わせていた。

水面から手を引き上げて、軽く振って水気を飛ばしていると、ふとルクスが顔を上げた。

「どうかしたんですか」

荒々しく洗っていた手も止めて、上流のほうをじいっと見つめる。その視線を辿ってみるが、とくになにも見当たらず、途中からは緩く左に曲がって、木の陰に隠れてしまいそれ以上追うことはできない。

ソウが声をかけるも、聞こえていないのか、無視をしているのか、反応はなかった。

「置いていきますよ」

ようやくルクスが立ち上がる。そのまま荷物を置いた場所にソウが戻ろうとすると、ルクスは川の上流に向かって走り出した。

「ちょ、どこ行くんですかっ」

「聞こえるんだ！」

「なにがですかっ」

突然駆け出したルクスをソウは慌てて追いかける。すぐに、別に追いかけなくてもいいのではないか、と思い直したが、今更足を止めるのも無意味な気がして仕方なくついていった。

曲線を辿っているとき、耳が微かな音を拾う。

「にゃー……」

それは猫の鳴き声だ。

聞き間違いかとも思ったが、現実だと認めることで唐突なルクスの行動と叫んだ言葉に納得がいった。

案の定、先程は木々が遮り見えなかった川の先から、一匹の黒猫が流れてきた。どこかで折れたらしい木の枝にしがみついている。猫よりすこしばかり太い程度の枝は何度も浮き沈みを繰り返しているのか、黒い身体はびっしょりと濡れていた。

自分ではどうしようもできないのか、か細い鳴き声を上げるばかりで流れるままになっている。

猫の救いを求める声を、ルクスはいち早く聞きつけ助けに来たのだ。

ルクスは猫を見つけるやいなや、躊躇《ためら》いもなく川に飛び込んだ。

水しぶきが上がり、それを被ったソウは咄嗟に顔を覆う。その間にもルクスは水を掻き分けながら進み、猫が自分のもとまで来るのを待ち構えた。

「気をつけてくださいよ」

跳ねた水滴を腕で拭いながら声をかける。

「ああ！」

猫がちらりと顔を上げて、自分に手を伸ばそうとしているルクスを見つけた。

幸い流れは然程速くはなく、ルクスの手が受け止め損ねることはなさそうだ。

もう間もなくルクスの胸のところに流れ着く、というところで、不意に猫が動いた。不安定に浮かぶ木の枝から猫が器用に飛び跳ねたのだ。そのままルクスの顔面を足場にして、一気に川岸まで跳躍した。

ようやく地面に辿り着いた猫はそのまま一直線に森のなかへと消えていき、踏み台にされたルクスは、先程よりもさらに激しい水しぶきを上げながら背中から水中に倒れていった。

予想外のことに呆気にとられたソウだが、はっと我に返ったときには思わず噴《ふ》き出してしまう。まさか助けようとした猫に踏みつけられるとは、ルクスも思っていなかったのだろう。無駄な足掻《あが》きもせずに腕を広げたまま仰向けに倒れていく姿は、単に本人が反応できなかっただけかもしれないが、かえって潔《いさぎよ》かった。

思い出しただけでまた頬が緩みそうになる。

自分がらしくもない表情をしていると自覚するソウは、ルクスが浮かび上がってくる前にと顔を引き締めるが、彼の顔は一向に出てこない。

「ちょっと、大丈夫ですか」

さすがに不審に思ったソウがルクスの沈んだ水面に向かって声をかけるが、ぶくぶくと気泡《きほう》が上がってくるばかりで、当の本人は姿を現さない。

やがて気泡は途絶えた。

さすがにこれはおかしいと感じたソウは、自らも川のなかに入った。

川底の石に足を掬《すく》われないよう注意をしながら進み、薄く濁《にご》った視界の悪い水のなかで、きらりと光るルクスの金色の髪を見つけて手を伸ばそうとする。

もうすこしでそれに触れるというところで、不意に手首を摑まれた。

「――ぷはぁッ！」

ざばっと音をたてながら、ルクスはようやく水面から顔を上げる。

水を飲んでしまったのか、激しく咳き込んだ。

「まったく、なにやっているんですか」

苦しげな様子をさすがに哀れに思ったソウは、背を擦ってやる。

しばらくして、ようやく落ち着きを取り戻したルクスは、ふと自分の手が摑んだままのソウの手に目を向けた。

腕に、肩に、視線を向けて、そして辿り着いた顔をじっと見つめる。

「――ソウ？」

「なんです。頭でも打ったんですか」

不思議そうにこちらを見るルクスに溜め息をつけば、ルクスははっと我に返ったように二度速く瞬《しばた》いた。

「え、あ、ああ……いや、大丈夫だ。それより、猫は？」

「あんたを足場にして、とっくに逃げていきましたよ」

「そうか――無事そうだったか？」

「あれだけ速く走れるなら、怪我はなかったでしょうよ」

助けてやろうとした猫に踏みつけられたにもかかわらず、ルクスは安堵に微笑む。そのために自分が全身ずぶぬれになってしまったことには気がついていないかのようだ。

とんだお人よしだと呆れながらも、ソウは摑まれたままの手を引っ張った。

「早く上がりますよ」

いくら身体がとある事情によって温まっていたとはいえ、川に飛び込めばその熱もすべて流されてしまう。

肌に触れるルクスの指先は氷のように冷たくて、早く暖めてやらなければ風邪《かぜ》を引いてしまいそうだ。ソウ自身も寒さを覚えていて、火に当たりたかった。

川から上がり、足早に洞穴に戻る。

まだ火が消えていなかったことに安堵しながら、このときようやく後ろを振り返った。

「いい加減、離してくれませんか」

「あ……すまない」

ここまでの道中、ずっとルクスはソウの手を握ったままでいた。いつかは手を離すだろうと思ってソウも放置していたのだが、とうとうそのままだったのだ。

ぱっと大きな手は離れていく。

ソウはまずルクスに服を脱ぐように命じて、その間に薪を足して火を大きくする。自分も濡れた服を脱ぎ捨てて、水気を絞り、焚き火の周りにルクスのものと一緒に広げて並べた。男同士といえども全裸でいるのは気が引けたが、どうせすぐに濡れた服は乾くのだから新しい服を出すのは面倒に思えてしまう。しかしそれだけでは寒かったので、お互い素肌に外套《がいとう》を纏った。

溺《おぼ》れかけたことが衝撃的だったのか、戻ってきてからもルクスはどうも動きが鈍い。

仕方なくソウが代わりに濡れた髪を拭いてやると、帽子をここに置いておいてよかった、と小さな声で笑った。

「まったく、帽子どころの話じゃないですよ。猫を助けようとしたことは殊勝《しゅしょう》ですけれど、自分がずぶぬれになってちゃ世話ないです」

「すまない。ソウには助けられてばかりだな」

「そう思うのなら少しは考えて行動してください」

もう一度すまない、とルクスは微笑したまま繰り返し、そこで会話は途切れた。

ぱちぱちと木が爆《は》ぜる音ばかりが続くなか、やがて雨が降り始める。

さあさあと雨音が加わり、少しだけ賑やかになった。

いつも雨が降る度に、空から水が落ちてくるのが不思議だと子供のようにはしゃいでいたルクスだが、今はそんな元気はないのか随分と大人しい。

「――くしゅっ」

「ちゃんと火の傍に寄ってください」

寒かったのか、体格の割に小さなくしゃみをしたルクスに目を向ける。

洟をすすりながら曖昧《あいまい》な笑みを浮かべて、焚き火に近寄った。

「なあ、なんでソウは旅をしているんだ？」

二人で火に手を翳《かざ》して暖をとっていると、不意にルクスが尋ねる。

初めてされた質問だった。

いつかはされるかもしれないと思っていた。ルクスはソウのことをなにも知らないのだから、気になることは不自然ではない。しかしこれまでそれなりの期間二人で旅をしてきてもなにも言われてこなかったから、今更のようにも思える。

いつものように約束だと言って詮索を止めさせることはできたのだが、今回は気まぐれに応えてやることにした。

「とくに深い理由はありませんよ。ただ、世界にはどんな場所があるか、どんなものがあるか。どんなことが起きているか、気まぐれに見て回っているだけです」

「家族は心配したりしないのか？」

深い意味はないのだろう。単に自由に世界を歩き回っているソウを知って、気になっただけのこと。

その証拠に棘《とげ》を感じない声音に、ソウは揺らめく炎を見つめながら答えた。

「さあ」

「さあ、って……」

「ずっと待っていましたけど、結局帰ってこなかった親ならいますよ。今生きているのかさえ知りません」

隣でルクスが息をのんだ。

遠回りな言い方を理解してくれないかと思ったが、どうやら杞憂だったらしい。

「それは……すまない」

目だけを向けると、ルクスは申し訳なさそうな顔をしていた。どんなにソウを振り回しても見せなかった表情だ。

なにも謝る必要などどこにもなかったというのに、妙なところで律儀な男である。

彼の愚かしいほどの実直さから目を逸らすように、再び目の前の火に視線を戻した。

「別に、そう珍しい話でもないでしょうよ。たとえ家族がいなくても、おれは今を生きている。それで十分です」

今更感傷に浸《ひた》ることがないほどには時間は過ぎた。どんなに振り返ったところで過去に戻ることはできないし、戻りたいとも思わない。それなりにやり応えのある仕事もしているし、ソウは今の自分に満足しているのだ。

誰しもいつかは家族をなくす。ソウの場合それが早かっただけのことで、それでも一人でこれまで生きてこられた。だからこそ憐れまれたところでなにも変わりはしないし、同情されたところで心が動かされることもない。哀愁もなく、苛立《いらだ》ちもなく、煩わしささえも感じない。そんな自分を虚《むな》しく思うことさえない。

子供の身体が大人に成長するように、心もまた育っていく。肉刺《まめ》ができて皮膚《ひふ》がかたくなるように、かさぶたのついた心も図太くなっていくもの。自らを守るために身も心も耐性をつけていく。もう転んだだけで泣くようではいられない。嫌なものを前にして素直に顔を顰めることもできないし、湖に飛び込んではしゃぐこともない。雨のなかで両腕を広げて回ることもないし、酒にも強くなったし、夜更《よふ》かししても朝一人で起きられる。少しずつ大人になっていったのだ。

子供の頃は孤独に泣いた。それを否定するつもりはない。誰しも初めは弱いものだ。だから幼い頃は自分の心に巣食った暗がりに怯えた。

けれどもソウは成長した。そして影と共存できる今の自分になれたのだ。

それがたとえ根なし草のような人生であっても後悔はない。ひとつぽつんとした浮雲だったとしても、これからも同じ暮らしを続けていく憂《うれ》いもない。

帰ってこなかった親がいて、一人で生きてきて、人の暮らす場所を転々と旅している。

それが、今の自分なのだから。

「ソウのなかにはちゃんと、自分がいるんだな」

ぽつりとルクスは呟いた。

珍しく吐かれた心許ない声音に顔を横に向ければ、ルクスはわずかに目を伏せる。

「――おれのなかにおれは、いるんだろうか」

それは初めてルクスが口にした、己に対する不安だった。

「時々、自分が誰だかわからなくなるんだ。こんなことをしていていいのかと思う。でも、ずっとこうしたいとも思うんだ」

赤い瞳をいつものようにソウに向けるでもなく、ぼんやりとなにもない地面を見つめている。

ソウが平然と嘘をつけるように、どうやらこの男もまた心を隠すことくらいはできたらしい。

普段はなにも考えていないように、無邪気な子供のように振る舞ってはいるが、やはり記憶喪失である己に不審感を抱いていたのだ。

ソウは彼が何者であるか知っているし、たとえ知らずにいたとしても、してやれるのは早く記憶が戻ればいいと願ってやることくらいだろう。

しかし当事者ともなればそう悠長にはしていられない。自分が何者であり、なにをしていたか。忘れてしまったそれらがもしとても大切なものであれば、今はそのすべてを放り投げてしまっていることになる。そうしてしまうことでなにかが起きてしまっても、たとえなにかを失ってしまっても、現状ではどうすることもできないのだ。

その焦りが、ルクスのなかにはあるのだろうか。

だがそれは後ろ向きな考えだ。もしかしたら、という曖昧な予測であって、事実はわからないし、今を変えようがないのだからなにもできはしない。

記憶喪失の者がわからぬ己を不安がるのは納得できるが、ルクスがそれを口にするのはなんだか彼らしくないように思えた。今まで一度として、弱音らしい弱音を吐いたことがないからなのかもしれない。

普段にこやかな者でも内側になにかを溜め込んでいることもある。それが疲労であったり、弱さであったり、鬱憤《うっぷん》であったり、人それぞれではあるが、うまく隠してしまう。知られたくないからこそ悩みなどないように、強くあれるように笑顔の仮面を被る。

常に笑みを浮かべているルクスだが、今ようやく見せた陰りはソウが思っている以上に深く彼の心に巣食っているのかもしれない。

助けようとした猫に蔑《ないがし》ろにされたことが、悩みを吐露《とろ》するきっかけとなったのだろうか。

それほど応えたのだろうか。仰向けに倒れていった姿を思い出すとつい笑ってしまいそうになるが、それを噛み殺して、ルクスの抱える闇とは正反対のすっきりとした気持ちでソウは告げた。

「ゆっくり探せばいいいんじゃないですか？」

「え？」

「だって、そのための旅でしょう」

ソウの旅の目的は別にあるし、彼を同行させているのも真相を探るためではあるが、ルクスがソウについてきているのは自身の記憶を探すためのはずで、自らが選んだ道だ。

単純な真理であるのに、まるで考えたこともなかったというようにルクスは目をぱちくりさせた。

わずかに雲が晴れたようにも思えたが、だが表情はすぐに曇った。

「でも――もしもおれがルクスでなかったら、ソウはどうする？」

「なに言ってるんですか。あんたはもともとルクスではないでしょうよ。そんなに不安がらずとも、あんたの記憶が戻るまでは面倒見ますから」

〝ルクス〟とはあくまで、ソウが記憶喪失の男につけた名である。

本来は別の〝アダマス〟という名があって、ルクスとは別人なのだ。

「記憶が戻らないうちは、一緒にいてくれるんだな」

これも当然のことなのに、驚いたように長いまつ毛を瞬かせると、ソウの言葉が溶け込んだかのようにふわりと笑った。

その顔に面映《おもは》ゆさを覚えて、ソウは顔を前に戻してぶっきらぼうに言った。

「それまでですから。自分が何者かわかったらもう一人でいられるでしょう」

「――そう、か。そうだったな……ありがとう、ソウ」

ちらりと横目で見ると、ルクスの表情は笑んだままなのに、先程のとろけそうなものとは違って少し寂しげに見えた。

思わず声をかけそうになったところで、ルクスの顔が向けられた。

「なあ、ソウ。抱っこさせてくれないか」

「はあ？」

「そんな顔をしないでくれ……その、やっぱり寒くてな」

ソウが胡乱げな表情を隠さず振り返れば、ルクスは苦笑する。

ソウからの返答はなく、呆れられたとでも思ったのだろう。駄目ならいいんだ、と言って、火に当てていた両手をすり合わせる。

「……仕方がないですね」

ぽそりと呟き、ソウは外套の前を押さえながら立ち上がり、すぐそばにいるルクスの胡坐の上にどかりと身体を下ろした。

「おれも寒いですし、この際あんたのことをかたい椅子《いす》だと思うことにしますよ」

遠慮なく背中を胸に預けながらもぞもぞと動いて、収まりのいい場所を探す。

ようやく妥協できる角度を見つけて落ち着いた頃、後ろから伸ばされた両腕がぎゅっとソウを抱きしめた。

「ありがとう、ソウ。存分に椅子として使ってくれ」

耳元でささやかれるように言われて、ざわりと肌がざわめいた。

それに気がつかなかったルクスは沈黙したが、ソウを引き留めるように回した腕が緩むことはなかった。

椅子は抱きしめてきませんが、と言ってやろうとも思ったが、縋《すが》るようなささやかな拘束に口を閉ざす。ルクスを甘やかしてやるわけではなく、このほうが温かかったからだ。

ソウ自身も焚き火だけでは身体の芯まで熱が戻らなかったから、だから仕方なく互いで暖をとるだけ。そう自分に言い訳しながら、揺らめく炎を見つめて、ぼんやりと考える。

寂しそうな笑みを見て、彼になんと声をかけるつもりだったのだろうか。

彼が本当に記憶を失ったとして、それを取り戻し本来の姿になったときの彼は魔族の〝アダマス〟だ。ルクスではない。別れは必然であって、今は離れることが寂しいと思っていようとも実際は彼のほうから距離を置くはずだ。

それなのに、どうせ未来などない関係なのに、未だ疑っているのに、一体なにを告げようというのか。

考えてはみたものの、いつまで経っても答えは出ない。

諦めてソウは、ルクスの広い胸にもう少しだけ自分を預けた。


冗談か、もしくは作り話かとも思えるほどに人のいい男はどうやら今日、町の子供たちの相手をすることに決めたらしい。

追いかけっこしているようで、噴水の周りをぐるぐると走り回っている。

十歳ほどの少年が三人と、誰かの妹だろうか、覚束《おぼつか》ない足どりで遅れながらもついていく四、五歳ほどの少女がいた。

追いかけているのはルクスだが、多少手加減はしているとはいえ子供たちはすばしっこくなかなか捕まえられずにいるようだ。反対回りをすれば一発で捕らえることも可能だろうが、あえてしないのか、それとも気がついていないのか。

周囲の者たちは子供たちと顔のいい男との戯《たわむ》れを穏やかな眼差しで見つめていた。人気《ひとけ》のない路地裏から、建物の陰に潜んで様子を窺っているのはソウくらいなものだろう。

これまでいくつかの町々を回ってきたが、彼はよく子供たちに囲まれていた。以前大きな図書館があった町では子供たちに絵本を読み聞かせていたり、今回のように全身全霊で遊び相手をしたり、ときにはままごとのなかで犬役を全《まっと》うしていたりした。その場所によってまちまちだったが、いつだってルクスは子供たちの笑顔を咲かせていた。

今回の場所でも、すっかり打ち解けてしまったようだ。

飽きずに噴水の周りを走るルクスに、背後から忍び寄っていた一人が腰にぶら下がる。それを機に他の二人も腕にぶら下がったり足にしがみついたりした。

そうくるならばと、ルクスは持ち前の身体能力と怪力を発揮して、自分の身体を軸に回転する。少年たちは楽しげに声を上げて笑っていたが、程なくして目を回したルクスが倒れてしまい、不満げな顔をしていた。

そこまで観察していたソウはひとまず顔を逸らして肩を回す。

同じ姿勢を続けていたせいでかたまった身体を解すのは心地よかった。

どうせこのまま日暮れまで遊び続けるのだろうから、監視など止めて別のことでもしてしまおうか。

ルクスは宿に帰ってくるとまず、その日あったことをソウに報告してくるのだが、それはいつもソウが尾行して見た内容とすべて一致している。必ずしも彼が出かける度に追跡しているわけではないが、帽子を被っていても目立つ金髪の大男は噂になりやすく、彼の足取りを人の口から得ることも可能で、そのときも報告された出来事と大差はなかった。

ソウが追いかけていなくとも、大体食道楽に勤《いそ》しむか、子供に囲まれ今のように遊んでいるか。ソウが土産《みやげ》に本を持って帰れば、次の日読みふけるか。もしくは、善行を積み重ねているか、だろう。

彼と出会い、四か月が経過していた。その間にルクスが行った人助けは数知れない。

これまでに身丈《みたけ》に合わぬ大荷物を抱えていた老婆に手を貸したり、酔っぱらい同士の喧嘩《けんか》の仲裁に入ったり、迷子の母を一緒に捜《さが》してやったり。ひったくりを捕らえたり、失くしものを一緒に見つけてやったり、何故か屋根の修理を手伝ったり。失恋の女性を慰《なぐさ》めているところも見かけた。

ソウが把握しているだけでも挙げればきりがない。

慈善活動はいいが、それが必ずしも自分によいものとして返ってきているかといえば、そうでもない。感謝されて終わることがほとんどだが、ときには迷惑がられたり、自分の不幸となったりすることもあったのだ。

喧嘩の仲裁のときは殴《なぐ》りかかられそうになったところをソウが止めてやったし、屋根の修理の手伝いの際には足を滑らせ落っこちた。幸い怪我はなかったものの、骨折もあり得ただろう。

旅に支障が出たこともある。黒猫を助けた後のことがそうだ。

その後、なかなか踏みつけられた衝撃が抜けきれなかったのか、いつもよりも覇気のなかったルクスは風邪を引いてしまったのだ。

風邪という概念すら記憶から消えている男は、初め自身の体調不良に気がつかず、そして盛大に拗《こじ》らせた。

そもそも風邪というものをアダマスの頃から体験したことがなかったのかもしれない。彼は魔力によって毒や感染症に対しての抗体が常人よりもあり、余程のことがない限り病に伏せることはなかったはずだ。今は魔封じの腕輪の効力によって力が減退しているため、病につけいられる隙が出てしまったのだろう。

雨のせいで歩みが遅くなってしまったために町に辿り着けず、あのときは森のなかで看病するのが大変だった。病気のうちは、食欲がないと初めてのことに戸惑い落ち込んでいたが、元気になったらその反動で食費がいつもよりも嵩《かさ》んだことも振り返ってしまって、当時の苦労を思い出したソウは苦い気持ちになった。

順調に世界を回っているが、未だ眠る記憶を揺さぶるものはないらしい。

ルクスならもし手がかりを見つければ、自ら語るだろうが、実のところアダマスとしての記憶があり、なんらかの策略があるならばこのまま偽り続けるだろう。しかしこれほど長期にわたり一度も隙を見せることなくソウを偽るなどできるものだろうか。それに巻き起こす出来事が毎度阿呆《あほう》のようなことばかりで、ときに彼が本当にアダマスであるのか疑いたくなるほど情けない。いくら演技といっても四天魔人であった男の自尊心が許さないのではないだろうかと思う場面も多々あった。

——そろそろ、頃合いなのかもしれない。

彼を辺境の村で拾ってから今日まで、記憶喪失を疑い続けてきたが、まるで犬が尾を振るようにソウに駆け寄ってくるルクスになにか思惑《おもわく》があるとはどうも思えなかった。

もしもそれがソウの監視を知ってのことであるならば、それに乗ってやるのもいいかもしれない。一度離れて、一人旅の様子を陰から追いかけるのもいいだろう。その先でなにもなければ本当に彼は記憶を失くしているのだと認めてやってもいい。

いつまでもルクスばかりにかまけているわけにはいかない。ソウの本来の仕事に支障は出ていないとはいえ、やはり一人旅とは勝手が違う。自由でありながらも、連れがいるのではどんな相手であろうと行動を制限せねばならない。

ルクスには旅に同行させる間に忘れてしまっていた常識や知識を与えた。旅を続けるも、どこかの町に根付くにしても、周囲に迷惑をかけるような問題を起こすことはないだろう。

やはり次の町に着くまでに何事もなければそこで別れよう。そしてしばらく様子を見て、無害であると判断できたならば彼のもとを去り、一人旅に戻るのだ。

早速その旨《むね》をあの人に伝えるため手紙にしたためようと、ソウがその場から離れようとしたとき、ルクスのいる噴水広場から少女の泣き声が響いてきた。

振り返ると、大粒の涙を流して声を上げて泣く少女と、その前に膝をつき狼狽《うろた》えるルクスがいた。

彼の背後では少年たちがうんざりした顔で立っている。

「だからついてくるなって言っただろ。おまえすぐ転ぶんだから」

「だ、だってぇ……」

顔つきの似ている少年は助けてやる意志はないようで、腕を組んで少女を見下ろした。

どうやら遊んでいるうちに少女は転んでしまったようだ。膝がすりむけ血が出ている。

「そう言うな、少年。それよりも大丈夫か？　血が出ているが……」

「う、うわあああん！」

ルクスの視線の先にある自分の膝を見た少女の泣き声は、ますます盛大なものとなる。子供の遊び相手はすっかり慣れたルクスだが、怪我をしたときの対処は心許ないらしい。

仕方なくソウは歩き出し、ルクスを押しのけ少女の目の前にしゃがみ込んだ。

「ソウ⁉」

「ほら、そんなに泣いたら目がとろけちゃうぞ」

くりっとした少女の瞳が瞬くと、また一粒涙が頬を伝う。

指先で濡れた跡を拭ってやり、ソウは少女を抱え上げて傍らの噴水の縁《ふち》に座らせてやった。

「ちょっと我慢してな」

靴を片方脱がせて、噴水に溜められた水を両手で掬い、膝小僧にできた傷口の汚れと血を洗い流す。何度か繰り返して清潔にさせて、腰に巻いた小型の鞄から、てのひらに載るほどの小振りな丸い木の容器を取り出した。

ソウの動作を眺めているうちに少しは気持ちが落ち着いたらしい少女は、まだ弱々しい声を出しながらもソウに尋ねる。

「それ、なあに？」

「いたいいたいを倒してくれる薬、かな。ちょっと染みるけれど、もう少しだけ我慢できる？」

「……うん」

裂けた肌になるべく痛みがないよう気をつけながら、数種類の薬草から作った止血と鎮痛《ちんつう》、消炎の薬効《やっこう》がある煎液《せんえき》をゆっくり塗り広げた。

塗布《とふ》を終えて顔を上げれば、少女は幼い顔に似合わぬ皺を眉間《みけん》に寄せたままだった。

「まだいたい……」

「もうちょっとしたら平気になるさ。それよりも、ちゃんと我慢できたな。これ、ご褒美《ほうび》にあげる」

再び鞄に手を入れて、指で摘まめるほどの丸い包みを取り出す。両端を捩《ねじ》ってあるそれを広げれば、中には飴玉《あめだま》が入っていた。

ルクスが空腹に騒いだとき用にとっておいたものを少女に差し出せば、純粋な瞳はきらきら光る。ついでに残る三人の子供たちにも分けてやれば、少女の隣に腰を下ろして皆で仲良く食べ出した。もう痛みのことも吹き飛んだのか、兄たちと同じ笑みを愛らしく咲かせる彼女にわずかに目元を和らげるが、背後に来た気配にいつもの表情に戻る。

「……で、いつまで見ているんですか」

振り返ってきつめの視線を向けてやるが、ルクスはのほほんとした笑顔を浮かべた。

「さっきは助かった。ありがとう。泣かれたときどうすればいいかわからなかった。女の子はとくにどうしてやるべきかわからなくてな」

「転んだときなんかはまず、清潔な水で汚れを洗い流してやればいいんですよ。最低限それだけはしてやってください。子供たちと遊ぶのに異論はありませんけれど、注意してやることも必要ですよ」

「ああ、これからは気をつける」

本当に大丈夫だろうか、と疑いの眼差しを隠すことなく向けるが、ルクスが気にした様子はない。

「それにしても、さっきからこっちを見ていたのはソウだったんだな。それなら早く声をかけてくればよかったのに」

「なに言ってるんですか。おれが来たのはついさっきですよ。女の子の泣き声が聞こえて、そしたらあんたが情けなくおろおろしていたんじゃないですか」

「ははは……」

眉ひとつ動かすことなく平然と嘘をついたソウに、ルクスは曖昧な笑みを浮かべる。騙されたのかそうでないのか、判断しづらい顔だ。

気配は消していたつもりだが、まさか勘づかれているとは思わなかった。

自覚はなかったが、気の緩みもあったのかもしれない。まだ今回は気のせいで済ますことができたが、こういった些細《ささい》なことが命取りにならないとも限らないのだ。

ソウは内心で反省するとともに、今の話題から意識を逸らさせようと、なにか言葉を探す。

「なあ、ソウ」

「なんですか」

「子供は可愛いなあ」

突然の言葉に胡乱げに振り返れば、いつのまにか子らからソウに視線を移していたルクスと目が合う。

彼は朗《ほが》らかに笑った。

まさか自分に顔が向けられていると思わず、咄嗟にルクスから鼻先を背《そむ》けて、大人しく並んで飴を舐めている子供たちを視界に収める。

兄に蔑ろにされたはずの妹は彼に向かって涙の名残も見せずに微笑んで、手を差し伸べることのなかったはずの少年たちは幼い彼女を中心に、幸福そうに飴の優しい甘みに盛り上がっていた。

子供たちの飾らないありのままの姿がまぶしく見えて、結局ソウはルクスに鼻先を戻す。

相変わらず緩んだ顔をしている男に小さく鼻を鳴らしてやった。

「――小うるさいし、すぐ泣くし、調子がいいし、おれは好きじゃないですけれどね」

ソウの尖った言葉に、何故かルクスは笑みを深めるばかりだった。

正面から目《ま》の当たりにしてしまったその表情の意味に、内心で首を捻《ひね》る。

ルクスの反応が解《げ》せないことがこれまでにも幾度かあった。初めてそれを感じたのは確か、魔族は嫌いだ、と言ったときだ。それ以降もルクスの質問や言葉にソウが嫌いだ、と否定するときばかりに彼は何故か顔を綻《ほころ》ばしていた。

ルクスの非常食だから飴を常備しているだけであって、自分は甘いものは苦手だと言ったときもそうだ。にもかかわらずルクスはそれ以降、町をぶらついたお土産だと言って甘い菓子をソウに持って帰ることが多かった。苦手ではあるが食物ならなんでも食べるソウは仕方なく土産を受け取るが、もういらないと言っても何度もルクスは買ってきた。

服が濡れて靴も汚れるから雨は嫌いだと言っても、傘《かさ》を買ってきたから散歩しようだのと誘われたこともあったし、動物は臭いし身勝手だから好かないと言ったときも、見かけたら必ずソウの袖を引いて報告してきた。

始めのうちは嫌がらせにあっているのかとも思ったが、他意のない笑みを浮かべてそれらを手にソウに寄ってくるルクスの姿は、どうもそうでないように思える。だからといってルクスの不可解な行動は理解できそうもない。

「なあ、ソウも一緒に遊ぼう！」

「は？」

子供が嫌いだと言ったばかりなのに、やはりルクスはソウの望む方向とは反対の道へ引っ張ろうとする。

すぐに拒否しようと思ったが、それを見越してかルクスは口のなかでころころ飴玉を転がしている少年たちを振り返る。

「な、おれの友達も遊んでいいよな？」

「しょうがないなー」

「おにいちゃんもいっしょー！」

飴を与えたのが裏目に出たのか、表情の乏しい見ず知らずのソウを怪しく思うことなく彼らは受け入れる。

まだ目元が微かに赤い少女に満面の笑みを浮かべられて退路を進むほど、さすがのソウも薄情にはなれなかった。

「よーしじゃあまた追いかけっこでもするか！」

少年たちの目は輝いて、飛び跳ねるように噴水の縁から下りた。

「ちょっと待ってくださいよ。怪我をしているし、その子たちならまだしも、まだ小さいこの子を口に飴玉を入れさせたまま走り回らせることはさせられないです」

「お……そ、そうだったな。それじゃあ、えっとだな――」

注意した傍から考えなしの頭に溜め息をついて、ソウは彼女の兄と入れ替わるように隣に腰を下ろす。

「とりあえず、この子が飴を食べ終わるまでおれたちはここにいますから、それまでは走るなり跳ぶなり自由にしていてください。その頃までにみんなで遊べるものでも考えといてくださいよ」

「わかった！」

ひとまずの方策を与えられたルクスは、大きく頷き、少年たちと歩き出す。

去っていく広い背中。日差しを跳ね返す髪に一瞬目が眩む。

ふとその姿が過去に見たものと重なり、ソウは目が離せなくなる。

ひとつに結《ゆ》わえた長い髪を靡《なび》かせて、その人は一度も振り返ることなく突き進んでいった。仲間とともに、未来を切り開くために。

声をかけることはできなかった。でも本当は、叫びたかった。

止まらなくていい。だがせめて、最後に一目、顔を見ておきたかった。

一度でいいから振り返り、言葉はなくとも、心配いらないと笑ってほしくて。けれどそんな一言でもその人の足枷《あしかせ》となってしまうのがわかっていて伝えることなどできなかった。

陽光に煌めく髪はその背がほとんど見えなくなっても最後まできらきら輝いていて、やがてそれすらも認識ができなくなって——。

「ソウ！」

重なるかつての残像を掻き消し、不意にルクスが振り返る。

ソウが瞬くと、彼はぶんぶん手を振りながら無駄に笑顔を振りまく。

「……なんですか」

「呼んでみただけだ！」

一人で完結させ満足したらしいルクスは、再び少年たちの輪に加わっていった。

「おにいちゃんどうしたの？」

「——なんでもないよ」

少女に袖を引かれ、しばしルクスを目で追いかけていたことに気がつき、軽く頭を振った。

もう一度頭を上げて前を見るがかつての幻影はどこにもなかった。走り回る子供たちに混ざる大男と、円形の広場の形に沿って備え付けられた長腰掛けに座って憩《いこ》う数人の大人たちがいるだけだ。

ルクスには気配を感じ取られるし、白昼夢は見るし、想像以上に自分の心は今、緩んでいるのかもしれない。

きっとルクスを傍に置きすぎたせいだ。

これまでずっと一人で生きてきた。ときに利害の一致で誰かの仲間になることはあったが、それでも常にソウは単独での行動をしてきたのだ。

――疲れて、しまったのだろう。

監視の対象であるルクスの行動はいつだって注意をして見ていたし、宿にとった部屋は別でもいつも隣だ。魔法具で結界を張ったところで、隣にあのアダマスがいると思えば呑気に寝ていられるわけもなく、野宿のときなどさらに悲惨だ。いつ寝首を掻かれるとも限らない。

常に気を張らねばならない状態が続き、蓄積された疲労から普段は記憶の底に押し込めている過去が呼び覚まされてしまったのだろう。

このままでは取り返しのつかない事態にもなりかねない。早く離れなければ、一人にならねば。

一度立てた予定を思い出したソウは、宿に戻ることに決めた。

そのためにまず少女に別れを告げようと彼女を振り返ったところで、キィン、と甲高い音が頭に響く。

考えるよりも早く身体が動き、目の前の少女を抱きしめソウは叫んだ。

「みんな伏せろ！」

言葉が終わると同時に、空が割れた。

硝子《がらす》を叩き割ったような音が響き渡り、明らかな異変を感じ取った人々が悲鳴を上げてその場にしゃがみ込む。

ソウが空を睨めば、空間に入った亀裂《きれつ》が無理矢理広げられ、歪な輪となり、そこから二人の男が顔を出した。

先陣を切る男の長髪は浅緑色で、その色から彼が空間を操る魔力の持ち主であることを知る。彼が空間転移の魔法を使ったのだろう。

人間が持ち得ぬ多彩な色合いの髪色に、彼らが魔族であることは容易に判断ができた。なによりソウは男の片割れに確かな見覚えがある。

空間魔法使いである男は、四天魔人が一人、サイレスの直属の部下だ。そう目立った特徴のない顔つきではあるが、空間魔法を使える者は稀少《きしょう》であるし、長髪を結い上げる帯の端に施《ほどこ》された刺繍《ししゅう》はサイレスの配下に所属するものの証《あかし》が刻まれている。その背後にいる男の外套の裾にも同じ文様《もんよう》が描かれており、彼らが仲間であることを証明していた。

つまり二人は人間と敵対関係にある魔王軍に所属する魔族たちなのである。

わざわざ魔法で町に来訪して町人たちの恐怖を煽っているのだから、間違いなく穏便《おんびん》に済ませようというような理由でやってきたわけではないのだろう。

なにより彼らの瞳には穏やかさとは無縁の鋭さが宿っていた。

ソウは真っ先にとある予感に歯噛みした。

やはりルクスは、〝アダマス〟でしかなかったのだろうか。

魔族たちはアダマスを迎えに来たのだろうか。それならば特別栄《さか》えてもいない、魔族の障害になるようなものもないこの普通の町を魔族が、それも幹部級が訪れる事情に説明がつく。

後ろに控えていたもう一人の男が一歩前に出る。彼は広場にいる人々を見回し、ルクスのところで目を留めた。

やはり狙いはルクス。いや、アダマス――。

彼の行動次第でルクスは一瞬にして敵になる。

強く警戒していると、紫の頭の彼が手を広げて前に押し出す。

ぱちりと爆ぜる音が聞こえると、男の手から紫電が迸《ほとばし》った。

「っ避けろ！」

ルクスの反応を確かめることばかりに気をとられていたソウは判断が遅れてしまい、警告を叫んだのは男の魔法が放たれてからだった。

目を焼く眩さにソウは強く瞼を閉じる。それに一拍遅れて轟音《ごうおん》が響いた。

腕のなかの少女が悲鳴を上げる。ソウは、縋りつきがくがくと震えている身体を宥《なだ》めるようにして、押さえつけるようにきつく抱きしめる。

稲光《いなびかり》が過ぎ去り、そうっと目を開けると、閃光に眩む視界のなかで煙のように細やかな粉塵《ふんじん》が舞っていた。

思い通りに情景を映《うつ》さない世界でどうにかルクスと三人の少年たちを探ると、先程いた場所からは数歩離れたところでしゃがみ込んでいた。子供たちはルクスに抱えられ、まるで団子《だんご》のように身を寄せ合っている。どうやら既《すんで》のところで避けることができたらしい。

ルクスがいた場所には穴が開いていた。魔族が放った雷電は地を穿《うが》ち、整備され敷き詰められていた石畳《いしだたみ》を砕いたのだ。拳《こぶし》ほどの大きさのものまで大小混じりながら辺りに散った破片がその威力の激しさを物語っている。

少年たちは恐怖に怯え、泣き出し、あるいは声もなく震え上がり、それぞれの反応を見せているものの目立った外傷は見えない。

ルクスの身体が無事なのも確認して安堵するが、ふと見えた彼の横顔にソウは息をのんだ。

ときに阿呆のように笑い、ときに犬のように喜びを表し、ときに楽しげに物事を語らい、ときに子供たちと混じって遊んでいた、そんな男はこれまで負の感情といったものを見せることはなかった。時折寂しげにしているだけで、怒る行為さえ記憶のなかから抜け落ちてしまったかとも思えるほどだったのだ。

そのルクスの瞳には今、魔族たちを射抜くように鋭い光が宿っていた。それは脇から見ているソウでさえ一瞬怯《ひる》むほどに、ほんの少し指先で触れただけですぱりと切れてしまう刃物のように研《と》ぎ澄まされている。

間違いなくそこに、無敗を誇る四天魔人のアダマスである彼がいた。

魔王城に挑む幾人もの戦人たちを退け、鉄壁の守りにて不動を貫いていた、魔王に次いで恐れられる男。

本来であれば、子供たちが遊び相手にできるはずも、ソウごときが御《ぎょ》しきれる人物でもない。

こんな状況下だからこそソウは思い知る。

ルクスはアダマスであったのだと、彼は本当に記憶を失っていたのだと。

以前見たアダマスは遠目から顔を確認する程度のものだった。守護する城門の上に腰を下ろし、高みからどこかを見つめる横顔を見ただけ。

彼の本気も、その闘志も殺気も一度も垣間《かいま》見たことはなく、その実力は人づてに聞いたことがあるだけである。

彼の真の実力を知らなかったからこそ、侮《あなど》ってしまっていたからこそソウは疑った。だがそれはあまりに愚かなことであったらしい。

アダマスは記憶喪失になる振りなどという小細工をせずとも、己の武だけで道を行くのを妨《さまた》げるすべてを薙《な》ぎ払える男だったのだ。それなのにわざわざ役目を投げ出してまで人間たちの情勢を調べに来るわけがない。自分にとっての無謀《むぼう》を力ずくで捩《ね》じ伏せ、道理に変えてしまうだけの力が彼にはあるのだから。

なにより彼ほどの男であるならば、ソウが与えた魔封じの小細工のからくりなどとうの昔に気がついているはずだ。今ここにいるルクスはアダマスの記憶を封じられているという確信も同時に抱く。何故ならルクスが子供を抱えたままであり、はっきりとした憤《いきどお》りを同胞であるはずの魔族たちに向けていたからだ。それはまだ己が四天魔人アダマスであることを思い出していないということで、だからこそ敵対する人間側に立っているのだろう。

視界の先のルクスの身体にさらに力が入ったことに気がつき、ソウが顔を上げると、再び雷使いの手が向けられていることを知った。

先程も聞いた、ぱちりと男のてのひらから爆ぜる音を耳で拾ったソウは、咄嗟に足元まで転がっていた石畳の破片を摑み、魔法を放とうとする男に向かって投げつけた。

石は狙い目通りに一直線に放たれたが、ルクスらを注視していたはずの男はほんのわずか顎《あご》を引いただけで避けてしまう。頭に向かっていた石は彼の鼻先を通過していった。

気配を読まれていたのだ。

じろりと向けられた髪と同色の瞳の冷ややかさにぞくりと背筋が凍る。明らかな殺意が満ちていたからだ。

彼の手は今度、ソウに向けられる。こちらを睥睨《へいげい》する眼差しには一分《いちぶ》の隙もなく、ソウの実力を知らずとも初めから油断するつもりも手を抜くつもりもないようだ。腰に回してある鞄に仕舞われる、攻撃用の魔法具の存在すらも見透かされているようにさえ感じた。

ソウが反撃に打って出る気配を一瞬でも見せれば、即座に魔法を放つ準備が済まされている。不用意に動くこともできず、ソウは睨み返しながら歯噛みした。

かろうじてルクスが避けた雷撃ではあるが、ソウは逃れる自信はなかった。それでも一人であれば策は残されていたかもしれないが、胸元にしがみつき震える存在があってはなおさら行動は制限されてしまう。

それでもどうにかして切り抜けなければならない。

少女を抱く腕に力を込めて、ソウはこの場を切り抜ける算段をする。

そのとき、ぴんと張り詰める緊迫する雰囲気のなかに横から声が割り入った。

「ソウを傷つけることは許さないぞ！」

「――なにを、言うかと思えば……」

ルクスの言葉に、雷魔法の使い手である魔族が初めて口を開く。

「もとより他の者には用はない。あなたさえ倒せれば！」

紫頭の男の視線はルクスに戻る。

手の先が逸らされた瞬間に、ソウは鞄に手を突っ込み、とある魔導具をひとつ取り出した。

なかに揺らめく白煙が閉じ込められている玉を、男たちが浮かぶ足元に投げつける。

玉は音を立てて粉々に砕け散った。なかに封印されていた白煙が立ち込めて、濃霧《のうむ》に覆われたように魔族たちのいる位置よりも下の世界を覆い視界を奪った。

上空で喚《わめ》く声を聞きながら、ソウは真白に塗りつぶされた空間を迅速に進み、把握していたルクスのもとまで迷いなく辿り着いた。

突如として悪くなった視界に視線を彷徨わせていたルクスは、ソウを見つけてわずかに残された距離を詰めた。

「ソウ！　無事かっ？」

余程心配していたのだろう。大声でそう言って伸ばされたルクスの手を叩き落としながら、ソウは口元に人差し指をそっと当てる。

「静かに。話は進みながら、身を屈めたままで」

頷いたルクスは、少年たちをそれぞれ両腕に抱え、一人は背にしがみつかせて、少女を抱えるソウを先頭に歩き出す。

「ソウ、怪我はないのか？」

「おれもこの子も無事です。それよりも早くこの場から逃げ出しますよ。問答無用で攻撃してくるようなやつら相手にしていられません。こんな目晦《めくら》ましも長くは持ちませんから、急いで」

ソウの言葉の途中、目標を捕らえられぬままに雷撃が放たれる。子供たちはますます震え上がり憔《しょう》悴《すい》しきっていた。

「あいつらを放っておくのか？　あのままにしていたら怪我人が出るぞ」

「言ったでしょう、相手にしていられないと。いずれ騒ぎを聞きつけた警吏《けいり》たちでも来るでしょうから、その人たちに任せればいいんですよ」

「だがそれまでどうするんだ？　もしその人たちだけで押さえきれなかったら？」

「そこまでは知りません」

ソウが言い切ると、ルクスは足を止める。

「あいつ、おれを狙っているようだったぞ」

ソウも足を止めて振り返り、向かい合った。

「それならなおさら逃げるべきでしょう。あの魔族たち、あんたを殺すつもりだった。このまま留まればあんた、死にますよ」

それが脅しではないということは、いくら鈍感なところのあるルクスといえども先程のやり取りで身をもって体験したことだろう。

多種ある魔法のうち、雷属性は攻撃に特化した魔法である。遠距離でも近距離でも雷撃の威力はさして変わらず、それは地を撃てば穴をあけるほどだ。一度でも直撃されたら雷電によって焼かれ無残な死にざまを晒すことになるだろう。

相手が人間であれば、多勢に無勢の状況に陥ったとしてもまだルクスに勝機はあったかもしれない。魔封じの腕輪の効果で本来の力を押さえ込まれているといえども、それでも溢《あふ》れる魔力によってルクスは人並み以上には肉体の強化がされており、自己治癒力の向上により打たれ強さも持ち合わせているからだ。

しかし今回の相手は、子供を抱えていようとも丸腰であろうとも、不意を突き無慈悲に攻撃を仕掛けてくるような魔族なのだ。

これまでの旅では野盗や獣に襲われることもなく平穏無事に済んできた。拳を振るう機会はなく、そのため記憶を失っている彼がどこまで戦えるのかは未知数である。

魔族二人、そのうちの一人は雷魔法の使い手である。四天魔人であるアダマスであれば勝利を疑う余地もないが、なにせ今はただのルクスだ。勝ち目はないように思えた。

しかし、視線の先のルクスは一切、敗北を想定していない。

「おれに用があるというのなら、なおさら逃げられない」

こんな状況下でルクスは、いつものようににかりと笑った。

瞳のなかに揺るがない信念のようなものがあるのを感じさせる。急襲に怯える子供たちのように震えることもなければ、逃げなければという焦燥《しょうそう》もなく、動揺とて微塵も感じ取れない。

「隠れても無駄だぞ！」

上空の魔族が叫び、未だ晴れぬ視界のなかに適当に雷撃を放つ。幸いソウたちがいる場所とは見当はずれのところに雷は落ちたが、子供たちの恐怖はより煽られる。涙をこらえていた少女の兄もとうとう泣き出してしまった。

「ソウ、この子たちを頼む」

ルクスは背につかまらせていた一人と、両脇にそれぞれ抱えていた二人をソウに差し出す。

彼らに手を差し伸べながらも、ソウがルクスから目を逸らすことはない。

「おれが、一緒に逃げろって言っているんですよ」

「悪いな。今回は言うことを聞けそうにない」

真っ直ぐに見つめて淡々と言葉を連ねるソウに、ルクスは困ったように苦笑した。

一緒に旅をするに当たって交わした約束をちらつかせていることはわかっているのだろう。それでも彼はソウに逆らったのだ。

「説教は後でたっぷりしてくれ。この後はちゃんと言うことも聞くし、荷物は全部おれが持つし、許してもらうためになんでもやるから」

「――後で、ね……」

後で。それは未来を信じていなければ出てはこない言葉だ。

つまりルクスはこの場面を切り抜けるつもりでいる。

この単純な男が、ソウを去らせるためのその場しのぎの台詞を吐けるはずもない。それはこれまでルクスと関わってきたなかで理解していた。

「……駄目か？」

無謀なことなのだから、本当であれば耳を引っ摑んでも連れていかなければならないが。

しおらしい声を出して様子を窺ってくるルクスは懇願《こんがん》するように、口を引き結び、顎に皺を刻んだ情けない表情で見つめてくる。

「――まったく、ままならない人だな」

ソウは呆れて溜め息をひとつ零した。

きっとルクスもわかっていたのだろう。たとえ言いつけを破りソウの指示に従わずとも、なんだかんだと言いながら許されることを。甘く見られたものだと思うが、その通りにしてしまっている自分が悪い。

「ソウ？」

「わかりましたよ。あんたの好きにしてください」

——賭《か》けてみることにした。この男が信じている未来のほうに。

もしここで消えてしまえばそれまでの男だったというだけで、アダマスの無敗説は単なるまやかしに過ぎないということだろう。

どちらに転がったところでソウが多大な影響を受けるわけでもないのだし、そこまで彼と逃げ出すことに固執《こしつ》する必要もない。それどころか相討ちしてくれれば人間にとっての脅威がひとつ減るのだから喜ぶべきことだろう。

そう、自分に理由を与える。

「どうせこれだけどんぱちやっているんだからすぐに人は集まる。相手は二人だけですし、あと少し持ちこたえられればなんとかなるでしょう。真っ向から戦わず、うろちょろ逃げ回ってください。この子たちを安全な場所まで送ったらおれも戻りますから、できるだけ怪我はしないでくださいよ」

「ソウ……おれの心配してくれているのかっ」

勝手に感動しているルクスに、ソウは小さく鼻を鳴らして一蹴《いっしゅう》する。

「しているのはあんたじゃなくて治療費のほうです。あんまり嵩むようでしたら、しばらく飯の質を下げなくちゃなりませんね」

「が、頑張る……！」

ソウが怪我をするなと言ったときよりも神妙な面持《おもも》ちでルクスは頷いた。

ルクスのように三人も抱えられないソウは、腰を抜かした少年一人を背負い、少女と手を繋《つな》ぐ。他の二人には決して離れぬよう注意をしてからルクスに背を向けた。

悠長にしている時間はない。一歩を踏み出そうとして、思い留まったソウは振り返る。

「――子供たちを、泣かせないでくださいよ」

「ああ。泣かせないさ、絶対に」

大事にしている帽子を落とさぬようにと被り直して、不敵に、だがどこか柔らかく包むようにルクスは力強い微笑を見せた。その視線は不安げな表情のままの子らを一巡したのち、最後にソウに向けられる。

まるで、ソウにも誓いを立てているようだ。

泣くわけがないのに――。

ソウは縋るようにルクスを見る子供たちの背を叩き、今度こそその場から逃げ出した。

一度だけ、ルクスが白煙のなかに紛れてしまう直前にソウはちらりと振り返る。

ちょうどルクスが石畳を殴りつけているところだった。

素手にもかかわらず、彼の拳に地は砕かれ、破片となった石を魔族が放つ雷光を頼りに投げつける。

それはソウが投げたときの比ではない速度で、魔族たちがいる方向へと弾丸のごとく飛んでいった。

その先で男たちの悲鳴が聞こえた。もしかしたら命中したのかもしれない。

とんでもない馬鹿力と強肩《きょうけん》である。思いのほか勝機がないわけではないのかもしれないとソウは思い直すが、石つぶてとただの怪力だけで倒せるほど易《やさ》しい相手でないことも確かだった。

顔を前に戻してしばらく注意しながら進んでいくと、白煙は薄まっていき視界が晴れていく。

広場からいくらか離れた場所に出た。そこにはソウが蒔いた混乱の種に乗じ逃げ出してきた町人がちらほらといた。

「もうすぐこの煙も消えます。騒ぎが収まるまで、できるだけ遠くに逃げてください」

極度の恐怖に蹲《うずくま》っている者や、転んだかして負傷し座り込んでいる者もいて、ソウは子供たちを引き連れながら留まっている者たちに警告する。

ルクスはソウたちがいる限り、自分の身体を盾にしてでも守るだろう。普段のお人よし振りを見ているからこそそう予測ができる。ならばソウたちが万が一魔族の目に留まり、人質にでもとられたら彼の足手まといにしかならない。

人間でも魔族でも、目的のためならば手段を選ばぬ者はいくらでもいるのだから。

さらに奥へ避難して行けば、ようやく騒動のもとへ向かう警吏たちと鉢《はち》合わせたので、彼らに魔族らの特徴を伝えておく。

轟《とどろ》く雷鳴は、離れてもなお激しくソウの耳に響いていた。

その後、町に滞在中の旅人たちの加勢もあり、魔法を扱うといえども二人だけの敵は不利を悟ってあっさりと退いていった。

しかし強力な雷使いが残した爪痕は浅くはなく、重傷者こそ出なかったものの、怪我人は二十一人に上った。

雷の被害にあった者はいないが、逃げる拍子に転んだり、攻撃を避けているうちに負傷したりしていた。そのなかに含まれるルクスを引きずり、騒動の混乱が未だ残る広場から離れて人気のない路地裏へと入り込む。

幸いなことに魔族とルクスとの会話を聞いた者はおらず、彼らの狙いがルクスであったと知る町人はいなかったようだ。もし知られていれば追い出されていたに違いない。しかし代わりに、真っ先に魔族と対峙《たいじ》し、人々の避難の時間を稼いでくれた英雄と勘違いされてしまうことになった。

ただでさえ目立つ容姿のルクスを気にかけている者も少なくはなく、あのまま広場に残れば囲まれ、抜け出すことが困難になっていたことだろう。

面倒事から逃げてきたソウたちは、かろうじて建物と建物の間から日光が差し込む場所を見つけて、そこにルクスを座らせた。

ここまで来る途中で出会った、怪我人の救護のために訪れていた医者から受け取った治療道具を広げて、擦り傷だらけのルクスの手当てを始める。

「怪我はするなって言っといたはずなんですけれどね」

「はは……善処はしたんだが……」

実際のところ、ルクスはおおいに健闘したほうではあるだろう。魔法の直撃を避けるために地面を転げ回ったのか、どの傷も肌が擦れている程度だった。上着も脱いでもらい服の下も確認するが、打ち身で済んでいる。

「まったく、さっさと逃げていればいいものを」

持ってきていた桶《おけ》の水で傷口の汚れを洗い落としながら、ひとりごちるようにそう言って、ソウはわざとらしい溜め息をつく。

服を着直したルクスは嫌な顔ひとつせずに、けれども少しだけ困ったように笑った。

「すまない。だがそれはできなかったんだ」

「お人よしですね」

「そんなことを言うが、ソウだって目の前に困っている人がいれば、おれと同じことをしていたと思うぞ？」

手の甲の傷を清潔にしていた手を止めて、ソウは訝しんでルクスに目を向ける。

「はあ？　おれは逃げたんですけれど」

「ソウは子供たちを守っただろう？」

「――――」

呆れて言葉も出なかったソウは手元に視線を戻した。

どうにもルクスとの会話が成り立っていないように思える。

子供はちょうどその場にいたから連れていっただけのことだ。いくらソウが薄情といっても、子供を捨てていけるほど悪人でもない。これは善人であったからしたのではなく、あくまで大人としての義務を果たしたまでのこと。

それは守る、と名づけられるほどの正義感でもなければ、優しさですらないのに。

「それに、ソウがどうにかしたいって顔をしていたからな」

「……は？」

一度は落とした目線を再び上げて、ソウは瞳を瞬かせる。

「あの魔族たちを追い払いたいって、そう思っているように感じたんだ」

「――なに、言っているんですか」

「不安そうな顔をしていただろう。あのままじゃ町が危なかったから」

「そんなこと思ってなんかいませんよ」

騒乱の際、ソウの頭はどうこの場を切り抜けるか、という考えに占められていて、それは自分の身の安全を求めたからに過ぎない。そこに他を思いやる気持ちなどなかったはずで、ルクスの考えなど見当はずれの妄想もいいところだ。

自分が無事であればいい。だからこそルクスにも魔族など構わず逃げろと言ったのだ。それなのにどうしてそれが、町を心配しているなどと思われるのか。本当にルクスの思考を理解できなかった。

付き合いきれないと、ソウは口を閉ざして淡々と手当てを続ける。

治療道具の入る箱から塗り薬を取り出して、傷口に薄く塗り広げていく。

「うっ……い、痛い……」

「自業自得《じごうじとく》ですよ。大した怪我でもないんですから、これくらい我慢してください」

染みるのか、大げさなほどに顔を顰めるルクスを宥める。

腕の傷にも薬を塗布しようとして彼の右手を持ったとき、ふときらりと輝く腕輪が目に入った。

柔らかに差し込む日差しを跳ね返す金色に目を向け、ソウは言った。

「この腕輪、外せば痛みなんてなくなるかもしれませんよ。怪我だってあっという間に治るかも」

「外してもいいのか？」

「さあ」

「なら外さない」

曖昧な返事をしたソウに、ルクスは迷う素振りもせずに即答した。

「治るかもしれないのに、ですか」

自身の腕に嵌まる金環に目を向けたルクスは、そうっと艶やかな金の表面を撫でる。

ソウと出会ったそのときから身に着けている腕輪は、すっかり彼の身体に馴染んでいた。

「だってソウ、言っただろう？　これは絶対に外しちゃいけないって。まだいいって言われてないんだから外さない」

腕輪についての説明が偽りであり、自身の力を封じ込まれているとも知らずに、記憶喪失が故の純粋さでルクスはソウを信じている。だからこそソウの言いつけを守っている。

過去の記憶がないというのは、人をこんなにも愚かしいほどに素直にさせてしまうものなのだろうか。なんのしがらみもなければ、そんなにも他人を信じられるのだろうか。

「そんなもの別に破ったっていいじゃないですか。背中の怪我は完治したし、あんたはおれと旅をしなくちゃならないわけでもない。教えることは教えたし、今一人になったってなんとか生きていけるでしょう」

簡単に人に心を許してしまうルクスは、その裏表のない真っ直ぐさからか人々に好かれやすい。その容姿も相まって注目を集め、気がつけば彼の周りには人が寄っている。

たとえソウに見放されたところで、彼に救いの手を差し伸べる者は多いことだろう。

実際、人のいるところに立ち寄ったときに大抵二人は別行動をとるが、それによってルクスが困るようなことになったこともない。それはルクスが困難に出食わさなかったわけではなく、その場その場を傍らにいる見知らぬ誰かに救われていたからだった。

迷子になれば自ら尋ねて道を聞き、ものを知らなければ素直に教えを乞《こ》い、そうしてルクスは自らの力で道を切り開いていった。

ルクスが困っていても、彼を疑い背後に隠れて様子を窺っていたソウがいかほどの力になっただろう。

最低限の物事を覚えた今、ルクスはソウに頼る必要はない。それはルクス自身にも自覚があったようだ。

「そうだな」

あっさりと肯定したルクスに躊躇いはない。それは、彼がまっさらな状態から積み重ねていった記憶から得た自信のせいだった。

しかしルクスは笑うのだ。

「それでも、ソウと約束したからな」

「――約束、ね。その割に言いつけを守ってもらっている気はあんまりしませんけれど」

大切にしているその約束が、ソウの裏切りの上に成り立つものと知ったならば、はたしてルクスはどんな反応をするだろうか。

いっそのこと腕輪を外してくれたら、今すぐにでも置いていける理由となるのに。そうすればソウだってこの瞬間から本来の身軽な自分に戻れるというのに。

長く止めていた手を動かして、そんなことを思う。しかし出会ってからの四か月というのは存外長かったのか、以前の日々を思い出そうとすると、なんだか遠い過去であったかのようにどこか曖昧だった。

そんな自分に愕然《がくぜん》として、すぐに内心で頭を振る。

——違う。いつだって一人だった。

たとえ隣にルクスがいても、道のりをともにしていても、それでも二人ではなかった。自分はずっと一人でいたのだ。

以前も今も、これからも、なにも変わらない。たとえルクスがどうしようとも同じことだ。

ルクスは、ソウとのやり取りですっかり身についた苦笑をしながら軽く頬を掻いた。

「はは……でも、ソウを悲しませることはしたくないんだ」

頑《かたく》なに縛りつけたばかりの心がまた揺さぶられる。

理解のできないルクスの言葉が、無関心を貫こうとするソウを振り向かせる。

ソウは知らず知らずのうちに言葉の意味を求める瞳でルクスを捕らえ、彼はそれに応えた。

「おれはもっといっぱい、たくさんのものをソウと見て、美味《おい》しいものを食べて、旅をしたい。悲しい顔じゃなくて、楽しそうな顔が見たい。心から笑っていてほしいんだ」

いつもの気の抜けた阿呆面はそこになく、馬鹿に明るいでもなく、包むような柔らかさを広げる穏やかな表情があった。

「わら、う……」

「ソウの笑顔は可愛いぞ。だからもっといっぱい笑ってもらいたい。それをおれに見せてほしいんだ」

いつだったか、ルクスの目の前で笑っていたことがあるらしい。いくら記憶を辿ってみても思い出せない。思い当たるのは偽りの自分で誰かに接し、情報を得るときくらいだった。

それなのに自分は、無意識に笑っていたのか。

「――どうせ、あんたの記憶が戻るまでの仲じゃないですか。恩人だから、あんたの面倒を見ているから。だから嫌われたら大変だとも思っているんでしょうが、安心してくださいよ。そんなおべっか使われなくたって最低限の面倒を見ますから」

「記憶が戻ったらおしまいなのか？」

「そうでしょう。あんたは本来のいるべき場所に戻るんですから」

「別れがあるから人を好きにならないようにしているのか？」

思いがけないルクスの言葉に、一瞬思考が停止する。

「……なに、言って――」

ようやく絞り出した声は掠れていた。

「ソウが、そう言っているようにおれには聞こえる」

「なにをどうしたらそう聞こえるんですか。だったら、最低限の接触しかしたくないって気持ちを汲《く》み取ってはくれないんですかね？」

心をざわつかせるルクスの言葉に語尾を強める。

あまり感情を表に出さないはずの自分が、確かな怒りを声音に滲ませたことに気がついていた。しかし今は隠す気にもならず、苛立ちの理由もわからず、あけすけな感情で睨みつける。

ソウの苛立ちに気がついていないのか、ルクスはまるで憐れむような眼差しを向けた。

「違う。きっとソウは寂しいんだ。もしかして前に言っていた親御《おやご》さんが理由か？　その人が帰ってこなかったから、だからソウは別れることしか信じていないのか？」

ふと、かつて見送った父の背を思い出す。

すぐに幻想は掻き消えて、目の前には父とは体格も髪色もまるで違う、似ても似つかぬ金髪の男がいた。

ソウは思わず持ち上げそうになっていた手を握り締め、小さく拳を震わせる。

「――どうして、ずかずかと人の心に入り込もうとするんだ」

「……ソウ？」

はっとしたルクスの声が名を呼ぶが、もう遅い。

「おれが一番信用ならないものを教えてあげましょうか」

ソウは感情を消し去った声で、淡々と告げた。

「他人の心ですよ。見えない、聞こえないものを信じられるはずがないでしょう」

悲しませることをしたくない、などと。

笑ってほしいなどと。

そんなもの、どうとでも口先から吐き捨てられる。

うわべを偽ることの容易さをソウはよく知っていた。それは自分自身が多くの嘘を積み重ねてきたからだ。そしてそれと同じくらい、他人の偽りにも触れてきた。

心とはなにより移ろいやすいものだ。

言葉ひとつで簡単にさざ波立ち、飴玉ひとつで涙を止めて。天候次第で表情は変わり、怒りに震わせた肩が一晩経てばすっかり鎮《しず》まる。幸せに満たされ誓った生涯の愛とてなくなることもある。

顔では笑っていても、裏ではなにを思っているかわからない。

自分の心でさえ制御することなどできないほど不安定になることもあるのに、それなのにどうして他人のものを信じられるというのか。

――父は必ず帰ってくると言った。だから約束したのだ、待っていると。

けれども彼が帰ってくることはなかった。

実の親でさえ、どんなに大切な約束だったとしても破ってしまう。最も信頼していたものからの裏切りを幼い心で受け入れることが、どれほど困難なことだったか。

今となっては大事にしていたのはソウだけで、父にとっては重要なものでなかったのかもしれない。なにせ人の心はわからないのだから答えは永遠に出ることはないだろう。

「そうですね。あんたの言う通りおれは、別れは必然と信じています。けれどそれのなにが悪いんですか。おれが、あんたとこれ以上仲良くなる必要はないって言っているんですよ。人の過去を暴《あば》こうとまでして、それで満足なんですか？」

ソウは感情を込めるようにして睨むでもなく、仮面のような無表情でルクスを見つめる。けれどもその下では激しい怒りが渦巻《うずま》いていた。

はたしてこの激情が、ルクスにどれほど伝わるだろう――すべてが伝わるはずがない。

頭の片隅では冷静な自分がいる。もうやめろと言っている。しかしソウの口は勝手に動いた。

「あんただって知られたくない過去のひとつやふたつ、あるでしょう。――ああ、記憶がないんでしたね。だからそんなに無神経になれるのか」

こんなのは八つ当たりだ。わかっていても、でも言葉を止めることができなかった。

これまで逸らされることのなかったルクスの視線が、ついに彼のほうから逃れていく。

「……すまない。おれは触れてはならないところに触れてしまったんだな。悲しませたくなかったはずなのに、ソウを傷つけた」

こんなときでもルクスは笑っていたが、その表情には偽りきれない心の色が混ざっていた。

初めて見る傷ついたルクスの表情に、ようやくソウの溜飲《りゅういん》は下がっていく。しかしそれで胸が軽くなることはなく、口のなかに後味の悪い苦みだけが残っていた。

本当に無神経なのはソウだ。

口に出さないだけで、ルクスが記憶のない己を不安がっていることを知っていた。それでも彼を傷つけるためにあえて、心に突き刺さる言葉を投げつけたのだから。

こんな風にあけすけな感情を人にぶつけたことなどなかったのに、能天気なことばかりを並べるルクスに苛立ってしまった。だからといって悪意ある感情をぶつけてしまってもいいというわけではなかったのだ。

自身の警告も無視して吐き出した毒は、純真な金の獣を弱らせるには十分だった。しかし彼は報復するでもなく、逃げ出すでもなく、ただ受け入れその腕に抱いてしまう。

謝罪を口にしたルクスに、虚脱したように力を抜いてソウは項垂れる。

「――……どうして、そうやって許してしまうんですか」

「許す許さないじゃないだろう。ソウが傷ついている」

「だからって、言っていいわけでも言われていいわけでもないでしょう」

きっと自分は、ルクスの言った通り傷ついたのだろう。

手負いの獣が自らの命を守るように、ソウも触れてほしくない場所に手を伸ばされて、弱みを見られそうになってしまったから。だからルクスに噛みつき傷つけ、自分から遠ざけようとした。

「――おれはまた、間違えたみたいだな」

ぽつりとルクスは呟いた。

薬の入る木の容器を握り締めたままでいたソウの両手を、そっとルクスが握り込んだ。

日差しを反射した金の腕輪が、太い手首できらりと光る。

ソウが顔を上げるとルクスの顔がすぐそこまで迫っていた。

咄嗟に目をつぶると、こつんと額同士がぶつかり合う。ルクスの帽子がソウの頭に押されて上にずれていった。

「さっきのはおれも悪かったし、ソウも悪かった。お互いさまだ。だからおれを許してくれるか？」

至近距離にある瞳に見詰められているのを感じながら、ソウは静かに目を閉じた。

「……あんたがおれを、許すなら」

このまま喧嘩別れしてしまえばよかったのかもしれないと、どこかで打算的な自分が悔《く》いていた。だがソウはすべての考えに蓋《ふた》をして、今だけは勝手に出てきた言葉を告げた。

何故、そんなことを言ってしまったのか。自分でもよくわからなかった。ただひとつわかることがあるとすれば、怒りに爛《ただ》れ、後悔に苛《さいな》まれていた心が少しずつ癒やされているということだけだ。

胸にあった重苦しい黒い靄《もや》が消え去り、呼吸さえもいくらか楽になったように感じる。自分勝手に感情を吐き出してしまったときよりも余程清々《すがすが》しい気持ちだった。

「それならこれで仲直りだな！」

ふっと頭に寄りかかっていた重みが消える。

ルクスが離れたことを察したソウが目を開けると、視線の先にルクスはいなかった。どこに行ったのかと探るよりも早く、胡坐を掻いていた足の上に重みがかかる。下を見ればそこにルクスの頭が乗っていた。ちゃっかりと帽子もとって胸元に置いている。にんまりと笑う顔に呆れて溜め息をつきながら、一応は問いかけた。

「なにしてるんですか」

「膝枕だ！」

明朗な返事に、ソウは退《ど》こうとはしないルクスを軽く睨んだ。

「まだ手当て、終わってないんですけれど。ていうか重いです」

「さすがに疲れてな。ここは温かいお日さまも当たるしちょうどいいんだ。少し休憩させてくれ」

「――ちょっとの間だけですからね」

退くつもりはないのだろう。譲《ゆず》る気配のないルクスに諦めたソウは、頬の擦り傷にも薬を塗布してから、仕方がなく手当てを中断することにした。

やや癖のあるルクスの金髪は、柔らかそうに見えて実は硬質である。なにげなしにその毛先をひと摘まみして捩り弄《もてあそ》んでいると、それまでソウを眺めていたルクスはゆっくりと目を閉じていった。

「ちょっと、寝ないでくださいよ」

摘まんでいた毛を軽く引っ張るが、んー、と曖昧な返事ばかりだ。

頬を捻って退かしてもよかったが、湿った路地のこの場所だけに柔らかく差し込む陽光によってソウの心も穏やかになったのか、どうも強引に引き剝《は》がす気にはなれなかった。

足が痛まないうちは膝を貸してやろう。

そう思ってソウも目を閉じる。思いのほか心地よい光が注がれていて、つい眠たくなるのがわかるような気がした。

それでも自分までも居眠りしてはいられないと、意識を引き留めるためにルクスの毛先をくるくる回す。

ふと、眠ってしまったとばかり思っていたルクスが声を上げた。

「ソウ、おれはおまえを信じているぞ」

そっと瞼を持ち上げると、どうやら先に目を開けていたらしいルクスがにかりと笑う。

この世で最も信用できないものは他人の心だと言い切った相手を、それでも信じると言う愚かな男。

何故ここにきてまで、ルクスがソウを信頼しているのかがわからない。

確かに恩人ではあるだろう。けれども、人当たりがよかったわけでもなく、特別構ってやったわけでもなく、必要以上の関わりを持たないようにとただ素っ気なく接してきていたというのに。

他人を信用しないと、言ったのに。

何故、そんな自分を信じると言えるのか。

「おれがあんたを裏切っても？」

彼の心根《こころね》のように真っ直ぐな視線にソウは問いかける。

「ああ、それでもだ。おれがソウを好きなことに変わりはないし、これまで通り信じ続けるさ。なにがあっても」

ルクスの微笑が崩れることはない。

すっと差し出された小指に、ソウは目線を移した。

「約束しよう。たとえソウの心のなかを知らなくとも、たくさんの秘密があっても、それでもおれはソウを信じている。これからもずっとだ！」

「――……」

摘まんでいた金色の毛を放して、ソウもそっと小指を出すが、途中で止まってしまう。

当然のように差し出そうとしていた指先。だがそれで、どうしようというのだろう。

この後、彼がなにをしようとしているのか理解している。それでも自分は信じていない相手に小指を出して、はたしてその行為に意味などあるのだろうか。

けれどもそんなソウの戸惑いを知ってか知らずか、ルクスが手を伸ばして半ば強引に指を絡めた。

「指切りげんまん、嘘ついたら針千本飲ーます、指切った！」

絡めた指はぶんぶん振られて、言葉が終わると同時にぱっと離れる。指先まで体温の高いルクスの熱だけがまだ繋がっているように残っていた。

よく子供と遊んでいたルクスは、そのうちの誰かから教わったのだろう。

大人になれば誰しもしようとしなくなる、ただの口約束に相違ない儀式。約束を必ず守らせる効力もなければ、実際罰を下すこともないのに、それでも子供の頃は守られることを本当に信じていた。

とても大切な行為であったはずなのに、いつからかしなくなるのは何故だろう。――きっと、約束が果たされぬこともあると知ってしまったからかもしれない。

記憶を失っているからこそ、身体は大人でも心はまるで少年のように純粋であるから、ルクスは指切りなど思いついたのだろうか。

「これで嘘はつけないだろう！」

本当に針を千本飲ませるなどできるわけもないのだから、これが確約となる保障などどこにもない。それにルクスの心のうちを知る術がないのだから、いつソウへの信頼が揺らいだところでわかりようもないのに。

得意げなルクスはこの指切りの無意味さをまだ知らない。心を偽り嘘をつくことの容易さを理解していない。

今こそソウは、大人として面倒事を片づけるために、そうですね、と一言告げればいい。そう嘘をつけばルクスも満足していい加減口を閉ざすことだろう。

だが頷くことすらできなかった。一度首を振るだけだというのに。

面映ゆく感じる笑みから逃れるように、旅の間にすっかり薄汚れてしまっていた彼の帽子に意味なく視線を向ける。

「――本当、救いようのない馬鹿ですね。勝手にしてください。それで痛い目見たって知りませんよ。なんと言われようと、おれはあんたの言葉なんて信じませんから」

ぽろぽろ零れた言葉は、さらなる面倒を引き起こしかねないものだった。

「信じてくれなくてもいい。ただ傍に置いてくれれば、きっといつかそれが証明になるだろうからな」

言ってからソウは後悔したが、予想に反して穏やかに認めたルクスは、そう言ったきり目を閉じる。騒ぐだけ騒いでようやく寝てくれるのだろうかと、ソウが無意識に力を入れていたらしい身体を緩めたとき、ルクスはぽつりと呟いた。

「ソウ、もっとおれのことを好きになってくれ」

しばらく間を置くと、呼吸が寝息に変わる。膝にかかる重みも増して、本当にルクスが寝入ったことを知った。

先程のものが彼の意志ある言葉だったのか、寝言《ねごと》であったのか。追及する気になれなかったソウは自分も瞼を閉じる。

ルクスも眠り、手持ち無沙汰《ぶさた》になったソウは、再び金色の癖っ毛を指に絡ませた。

ふと、ルクスの言葉を思い返す。

――寂しい、か。

彼はソウが寂しがっていると思っているようだ。その理由を、いくら考えたところで答えは出ない。ルクスの瞳に自分は、そんな風に映っているのだろうか。そんな気持ちは長らく忘れていたというのに。

待ち続けていた父が帰ってこないと理解したとき、ソウは独りとなった。

そのときは心細さと強い孤独、見えぬ未来への恐怖、そして確かに寂しさを感じていたが、生きるために時を歩むにつれて次第に薄れていったものだ。

独りの生活に慣れてしまったし、人との接触がまるでないというわけではないのだから、今更寂しいなどと思うわけがない。

『きっとソウは、寂しいんだ』

静寂を保っていた水面に小石が落とされ、小さな小さな波が立つように、ルクスの言葉がソウの胸のなかにそうっと響く。彼が笑顔で誓った拙《つたな》い約束が余韻を残して胸に留まっている。

最近のルクスは、ソウが引いた線を勝手に乗り越えようとしてくる強引さが目立ってきた。それは記憶のない彼にだから起こる、一種の自我の芽生えなのかもしれない。知識を蓄え、不確かであった自己を固定させつつあるのだろう。そのため他人に目を向ける心のゆとりが生まれ、他人の心に興味が出ているのかもしれない。しかし人が成長しながら覚えていく他人との距離を、拒絶している人間の雰囲気を、まだ彼は計ることができずにいるのだ。

しかしそれは、他人との接触を極力避けるソウにとって到底歓迎できることではなかった。

今回のようにぶつかり失敗することも知識の蓄えとし学んでいくものだが、どれだけの時間がかかるかはわからないし、それまで待てそうにはない。

これまでの平常が乱され、なにかが変えられてしまうような気がしてひどく心がざわつく。

調子を狂わされてしまったから、だからルクスの他愛《たあい》ない一言が流せなかったのだろうか。幼い誓いを鼻で笑い飛ばせなかったのか。

――このままではいられない。こんなの、自分ではない。

そうっと瞼を持ち上げて、無防備な寝顔を晒すルクスを見つめる。

彫刻のように整った顔立ちはまるで、人の理想を模《かたど》って生み出された造形物のようだ。けれども一度口元が笑みを形作れば、体温を感じられる、ソウより余程人間らしい男となる。

しかし本来彼はアダマスという魔族である。アダマスは目を開けていようとも、戦いに拳を振るおうとも、一切表情を変えぬ男のはずだ。

子供のようにくるくる顔つきを変えるルクスと、寡黙であったアダマス。はたしてどちらが彼の本質なのだろう。

ふと、再びルクスに捕らわれそうになる自分に気がつき、ソウはいつまでも握っていた金の毛先を手放した。

今感じている悩みのすべてはあと少しで解消される。彼が本物の記憶喪失と判明したのだから、これ以上見える場所に置いておく必要はないのだ。たとえ彼がなんと言おうと、なんと約束をしようとも関係ない。別れはすぐそこまで迫っているのだから。

いつか彼がアダマスに戻ったとき、きっとソウのことなど忘れてしまうだろう。あるいは、思い出すのも忌々《いまいま》しい記憶とされてしまうのか。

アダマスから見て、今のルクスである己はどう思うのだろう。敵である人間に愛され、常に笑みを纏うその姿はどう映るのだろう。

指先を伸ばしてするりと頬を撫でる。起き出す気配はない。

これほど近くにいることはきっともう二度とない。そう思うと何故だか目を逸らせない。

どうしても視線を外せなくて、ソウは肌に触れていた指で頬を摑んで引っ張り上げた。

「――……寝るなって、言ってんでしょうが」

唐突な痛みによってルクスは悲鳴を上げながら飛び起きる。

ソウは軽くなった足を払って、痛みに呻くルクスを横目に見た。

「ひどいじゃないか、ソウ……」

「寝るんなら宿に着いてからにしてくださいよ。なにもこんな場所で落ち着かないでください」

「んー」

頬をさすりながらも、まだ眠気が完全に吹き飛んではいないのかルクスは瞼を閉じて曖昧に答える。

溜め息をひとつつき、ソウは立ち上がった。

「わかりました。ならなにか食べるものを持ってきます」

「本当か!?」

頬をつねられたときよりも威勢のよい反応に、つい緩みそうになった口元を引き結ぶ。

「――腹が膨れたらちゃんと動いてくださいよ。それで、宿屋で寝てとっとと怪我を治すことです。さっさと次の町に向かわなくちゃならないんですから。とにかくここで大人しくしていてくださいよ」

「わかった！　肉、肉を多めに頼むな」

甘える声には応えずに、ソウは薄暗い路地にある小さな光のなかから抜け出る。

今回はまあ頑張ったのだし、要望に応えてやるのもいいだろう。

角を二度曲がり、もう少しで広場が見えてくるというところで足を止めた。

「おまえに用がある。ついてきてもらおうか」

「……っ」

いつの間にかソウの背後に立っていた男が耳元でささやく。腰に当たるかたい感触は、恐らく刃物かなにかだろう。

拒否など許されるわけもなく、ソウはルクスたちに負かされ撤退していたはずの、空間魔法使いの男ごと町から消えた。


一瞬のこととはいえ、空間転移特有の浮遊感に身体が慣れず、地に足が着いたときには胃が揺さぶられたような感覚にすっかり酔っていた。

込み上げる不快感と吐き気を抑え込み、周囲を窺う。

すぐ傍が崖《がけ》になっているようで途中から地面が消えていた。代わりに見える崖下に広がる大地に生える木々は小さく、ここから落ちればまず命はない高さだ。背後は森なのだが、今ソウが立っている場所はそこから突き出しているようで足下に緑はなかった。近くに木々もなく、時折吹いている強い風に煽られる。

両手を後ろに引かれて、手首を強く縛り上げられる。痛みに顔を歪めたとき、くすりと小さな笑い声が聞こえた。

顔を上げると、そこには怜悧《れいり》な顔立ちの男がいた。彼の背後にいる四人の男たちは大人しく控えているが、どれも手練《てだ》れだとわかる隙のなさだ。

同じ色の持ち主とてない鮮やかな髪色と、それぞれの装飾の一部に刻まれた刺繍によって彼らが魔族であり、さらには魔王軍であることを理解する。

そのなかには町で暴れたあの雷使いもいた。

これ以上の隙を見せないようにと目の前に立つ男を睨みつける。

「突然連れてきてしまってすまないな」

ソウの鋭い眼差しを受け謝罪の言葉を口にしながらも、そんなことまったく思っていないだろうことを、浮かんでいる酷薄《こくはく》そうな笑みが教える。

神経質そうに声を尖らせた土色の髪を持つ男には見覚えがあった。

「サイレスさんですか」

「知っていたか。まあわたしも有名であるからな」

アダマスと同じ、四天魔人の一人だ。

すでにソウのことを知っているのだから、演技はせず本来の自分でぶつかる。

「あんたみたいな人がおれになんの用です」

「小賢《こざか》しそうな顔をしているのに、本当にわからないか？」

なぜ彼が、ソウを攫《さら》ったのか。

本来であれば一般人であるはずのソウが四天魔人に呼び出されるなどあり得ないが、ひとつだけ、彼と共通項がある。

「……アダマスを取り戻すつもりですか」

男は乾いた笑い声を上げた。

「惜しい。アダマスのことは当たっているが、取り戻すつもりはない」

「なら、亡き者にしようとしているってことで、いいんですね」

「わかっていたか」

「あんたの部下の殺気、本物でしたから」

動揺はまったくなかったというわけではないが、予測していなかった話ではない。

あの雷魔法の使い手は関係のない周囲の人間を巻き込んででも、殺傷力の高い魔法を幾度も放っていた。ルクスを捕獲するためだけに痛めつけるにしては攻撃的で、容赦のない行動が多く見られた。

「あいつが大怪我を負っていたのはあんたが理由ってところですかね」

「そうだ。まさか生きのびているとはな。やはり侮れん生命力だ」

サイレスの話を聞いてようやくソウは納得した。

これで、突如として町に襲来した魔族たちがやけにあっさり引いていったことにも、アダマスを襲う割には少数であったことにも納得がいく。

初めからあの場でアダマスを害するつもりはなかったのだ。急襲はあくまで本懐《ほんかい》を遂《と》げるための布石《ふせき》に過ぎなかった。あわよくば殺してしまおうという程度のものだったのだろう。

狙いは初めからルクスではなく、その傍らに常にいたソウだったのだ。

大立ち回りをすることでルクスとソウの関係性を確認したかったのか、それとも大立ち回りをしておきながらあっさり引くことで、ソウを攫う隙を作りたかったのか。どちらにせよ彼らの目論《もくろ》見通りにソウたちは助け合い、互いに体力を消耗した。

子供たちを連れて逃げ出しただけのソウはそれほどの疲労はないが、魔法使い相手に立ち回っていたルクスの疲弊《ひへい》は、目立った外傷こそなかったものの、半日も経たずに回復するようなものではない。

「なんで、仲間であるはずのあんたがアダマスの命を狙うんですか」

「……なんで？　ああ、確かにあいつはわたしの仲間だ。同じく魔王城の守護を担うものとして、素晴らしい仕事をこなしている。おかげで魔王城は鉄壁の守りで人間の侵入を防ぎ平穏が保たれているのだから……だが！　だがな！　やつが賞賛されるその一方で、どんどん日陰に追いやられていったわたしの気持ちがわかるか!?」

これまで自信に満ちた顔をしていた男は、突然、声を荒らげ始めた。

胸の内に隠していた激情にわなわなと肩を震わせる。

「挙《あ》げ句《く》には陰で、アダマスさましかいらないんじゃないかとか、四天魔人制度を廃止すればいいだとか言うものまで出てきた！　わたしだって役目を果たすべきときがくればちゃんと活躍するし、むしろやつよりも貢献できる！　あいつは手ぬるいのだ。人間をただ追い返すだけで終わらしてしまうから、同じやつらが再度挑戦しに来ることだってあるんだぞ。わたしだったらもっと完璧に仕事をする！　魔族にはむかう人間など残らず抹殺だ！　わたしだって強いんだ！」

余程鬱憤が溜まっていたのだろう。少し聞き出すつもりが男は熱く語り出し、どんどん語気を荒らげていく。

最後は叫ぶように言葉を吐き出し、興奮からはあはあと息を荒らげていた。

この状況に慣れているのか、背後に控える部下たちは一切表情を変えていない。しばらく呼吸を整えて、最後にコホンと咳払いをする。

「……と、まあ。命を狙う理由は様々だ」

要はただの嫉妬だろう、と思ったことを口に出すほどソウも愚かではない。未だに収まりきらぬ怒りに肩を怒らしぜいぜい呼吸しているサイレスに、結論だけを告げる。

「だから殺そうとした」

「――そうだ。そのためにわたしはあの日、やつをここに呼び出した」

アダマスが背中に怪我を負い、頭部には大きなたんこぶをこさえて川に流れることになった経緯を、サイレスは冷静さを取り戻して語り始めた。


四か月前、サイレスはいつものように北の正門の上に腰を下ろし、遠く地平線を眺めるアダマスに声をかけた。

この場では言いにくいことだからと、空間転移の使い手である部下に協力をしてもらい、魔王城から離れた、すぐ傍が谷底の崖までやってきたのだった。

『――それで、なんの話だ』

無駄話に付き合うつもりはないとでも言いたげに、アダマスは率直に尋ねた。

サイレスはそれまで薄らと浮かべていた微笑をやめ、軽く目を伏せて沈んだ声音で答える。

『実は……娘が、大怪我を負ってしまってな。重傷なんだ。今も生死を彷徨っている。そこでおまえの魔力を借りたいのだ。アダマスの回復の力があればわたしの娘も助かるはずなんだ！　頼む、わたしたち親子を助けてくれ……！』

瞳を潤ませたサイレスは、額と膝がくっついてしまいそうなほど深く、不格好なまでに頭を下げた。

その姿は娘を強く想う父そのもので、背後では引き連れてきた数名の部下たちが涙を拭う仕草をする。

協調性のないアダマスは他との交流はほとんどなく、同じ四天魔人といえどもサイレスとは挨拶《あいさつ》すらまともに交わしたことのない仲だ。ましてや魔力の譲渡などという自身を一時的にでも削る行為を、大して親しくない同僚に許す者などそういるわけではなかった。

それは自分にもわかっている、しかしそれでも縋れる者は他にいないのだと、ここまで聞いても一切表情の変わることのないアダマスに懇願する。

鉄壁の男からの返事は、そう待つことなく口にされた。

『……おれの力でよければいくらでも使え』

『あ、ありがとう、アダマス！　感謝する！』

アダマスから魔力を抽出《ちゅうしゅつ》するのには、専用の魔法具を使用する。

彼から承諾《しょうだく》を得ることを前提に動いていたサイレスは、部下に持たせていた指輪をアダマスに手渡した。

指輪を装着するだけで、それにアダマスの持つ身体能力を向上させる魔力が抽入される。後は指輪を取り外し、使用したい人物が身に着ければ魔法となって発動されるのだ。

アダマスはすぐさま指輪を小指に嵌める。その瞬間にぐらりと頭を揺らすと、頽《くずお》れてその場に膝をついた。

隣にサイレスは屈み込んだ。

『大丈夫か、アダマス』

『ああ……問題ない』

サイレスが手を差し出すが、アダマスは一瞥しただけで自らの力で立ち上がった。

アダマスが倒れたのは一度に大量の魔力を奪われたことが原因だ。血液のように体内を巡っていた魔力が不足して、貧血に似た症状を引き起こしたのだ。時間が経てば魔力も再び満ちてくるので、一時的なものである。

魔族によって生来《せいらい》有する魔力の量は違い、全体の約七割を失うと先程のアダマスのように倒れて、それ以上となれば立ち上がることはおろか、意識を失うことも十分に起こり得た。

つまりそれだけの魔力をアダマスは一度に奪われたのだ。

相手の承諾もなくそこまで魔力を吸い取ることは本来、猛烈な非難を浴びることになるのだが、それでもアダマスは眉ひとつ動かさない。

『ありがとう、これで娘も救われる……』

アダマスの魔力が籠もった指輪を受け取ったサイレスは、笑みを浮かべて懐に仕舞い込む。

さて魔王城に戻ろうと、サイレスが部下に空間を繋げるよう指示をしようとしたとき、はっと崖のほうを指差した。

『おや？　あ、あんなところで猫が溺れている……!?』

『……っ』

サイレスの言葉が終わるやいなやアダマスは駆け出して、崖の下を覗き込む。

眼下を遠く流れる川に目を凝《こ》らし探すも、猫の姿はどこにも見当たらない。

さらに身を乗り出したところで、背中に烈火のような痛みが生じた。

直後つき出していた尻を蹴られて、アダマスはそのまま悲鳴を上げることなく谷底へと落ちていく。

崖の上から、消えゆく姿を見守りながらサイレスが叫んだ。

『馬鹿か！　こんな場所から猫が溺れているのなんか見えるか！』

なにせ川は覗き込まねば見えぬほどに高い場所だ。流水の音すら遠くに聞こえる程度なのに。少し考えればわかることなのに、容易に騙されたアダマス。いくらこうなることを予測して計画を実行したとはいえ、こうもあっさり引っかかるとはむしろ腹立たしいくらいだ。

それになにより。

『そもそも独身のおれに娘がいるわけがあるか！』

サイレスの叫びは、はるか下の川に叩きつけられたアダマスに聞こえることはなかった。

「あいつは本物の阿呆だ！　あんな馬鹿が四天魔人のひとりを名乗ることも許せないのに、いくらか腕が立つからと言って皆から褒め称《たた》えられやがって！」

要はサイレスのやっかみではあるのだが、もっともな言い分だ。弁解の余地もないほどのアダマスの愚かさはソウもよく知っているので、アダマスを擁護《ようご》する気には到底なれなかった。

物知らずは記憶喪失だから、と思っていたが、実のところアダマスの記憶があった頃と然程変わらないのかもしれない。

騒々しさだけは別人だが、同僚からも馬鹿と言われているし、猫を救おうとする姿勢もいつかのルクスと重なる。

　アダマスのことをあまり知らないが故に、ソウは彼の表面ばかりで判断して本質を見誤っていたのだろう。サイレスから語られたいきさつは、なにも知らない者からすれば冗談で終わるところだが、なにせあのルクスを見ていれば納得せざるを得ない。

「魔力を奪ったうえで斬《き》りつけて、さらにはこの高さから突き落としたんだぞ。まさか生きているとは思うまい……」

「確かに。それで、この流れの先にあるあの村であの人は拾われたってわけですか」

「そうだ。おまえたちが余計なことをしてくれたおかげで生きのびてしまった」

　とんでもない強運を発揮したアダマスに唸るサイレスを、詰めが甘かったとは思うものの嗤《わら》うことはできなかった。

　アダマスの扱う魔法は自己治癒力の驚異的な向上が含まれるので、戦いで負った傷もすぐに回復してしまうが、その元たる魔力を奪われれば魔法も使えず、回復力も一般人と然程変わらなくなる。話だけを聞けばソウとてそれは死んだと思えたし、実際川から引き上げられた男は瀕死《ひんし》の状態だった。生きていたことが奇跡だったと言っても過言ではなかったのだ。

　とはいえ、ルクスがしぶとく生きのびたことは必然のようなものを感じる。彼の能天気さを見ていると、そう簡単にくたばることはないと思ってしまうのは何故だろうか。

「おれたちが手を貸していようがいなかろうが、あの人は生きていたと思いますけれどね」

ルクスが落とされたという川があるほうへ目を向けてみるが、ここからでは水面は見えない。それで何故本当に猫が溺れていると思えたのだろう。

アダマスと出会うまでのことは頭が痛くなるような話ではあったが、これで多くの謎は解けた。大半の魔力を失っていたのも、大怪我を負っていたのも、川から流れてきたことも、すべてはサイレスが仕組んだこと。なによりこれでアダマスとルクスが同一人物であったことに納得がいった。ルクスは、百戦錬磨《れんま》とまで言われた寡黙な兵らしく見えたのは一瞬だけで、後はお人よしの大食らいでしかなかったが、それでもやはりアダマスであったのだ。

「——それで？　おれを攫って、なにがしたいんですかね」

サイレスは口角を持ち上げる。しかしその瞳は冷えきっていた。

「あいつ、記憶がないのだろう？」

サイレスがどこまでの情報を得ているのか、相手の動向を窺うソウは沈黙を返した。

問いかけながらも確信のあったサイレスはさして気にした様子はなく話を続ける。

「今もおまえみたいな人間と旅をしているのだから、記憶は戻っていないのだろう。こちらとしては好都合。おまえだろう？　あいつの魔力を封じたままでいてくれたのは」

やはり以前からソウたちを監視していたようだ。

　ルクスの腕に嵌めた金色の輪がある以上、彼が本来の持つ魔力の量まで回復することはない。それだけでアダマスの能力は半分近くそがれていることになる。

「まあ、暴れられたら大変だったので。魔力が減っていたおかげで、おれみたいな一介の旅人が持っているような魔法具でも封印できましたよ」

「ならばあいつが死ぬまで決して外さずにいろ。言うことを聞けばおまえの命だけは助けてやる」

　瞳の奥にあからさまな憎悪を宿しながら、薄ら笑いを貼りつけてサイレスは言った。

　それがアダマス――ルクスに向けられているという事実にどうも結びつかない。

　猫を救い、人を助け、子供からよく好かれ、遠慮なく食べまくって。屈託《くったく》なくソウに向けてくる笑みに、愚かしいほどに真っ直ぐな言葉。

　彼に呆れる、というのならばよくわかる。実際四か月程度の付き合いしかないソウもそう思うのだし、誰しも思っていることだろう。しかしほのかな狂気を孕《はら》む嫌悪を向けられるほどだろうか。

「――なんで、あの人を殺そうとするんです？」

　サイレスの目がわずかに細くなり、口元の弧がやや緩やかになる。

「むかつくってだけなら失脚させるくらいで十分じゃないですか。信用をなくさせるってだけなら、四天魔人のあなたであれば造作もないことでしょう。それに今は記憶喪失の気楽な旅人やってくれているんですよ。監視するだけで放っておいたほうが、あなたも余計な手の汚れを残さず済むんじゃないですか」

「うるさい黙れ。どうするんだ。わたしの言うことを素直に聞くか、それとも今この場で殺されるか」

完全に笑みを消したサイレスは、アダマスに対して抱えていた憎しみと同じものをソウに向ける。

脅しているつもりなのだろう。彼の実力はアダマスという強者に隠れてしまいほとんど把握はされていないが、アダマスに並ぶ四天魔人の一人だ。決してソウごときが敵《かな》う相手ではない。事実これまでに興奮気味になることがあっても、それでもサイレスが隙を見せることはなかったのだから。

サイレスの言葉に偽りはない。逆らえばソウはここで散ることになる。

ならば、自分がとるべき選択はひとつだけ。

ソウは顔を俯かせることなく、恐れも見せず、真っ向から視線を返した。

「おれはあの人の腕輪、絶対に外しませんよ。命は惜しいですし、あの人がアダマスじゃないかって端《はな》から疑ってましたからね。でもあなたが現れたおかげで確信した。人間の敵を助けていたなんて虫唾《むしず》が走る。挙げ句、くだらない身内同士の争いに巻き込まれた」

嫌悪に表情を曇らせると、ソウを見るサイレスの瞳に宿る険が緩んだ。

ルクスに対して嫌悪など持ち合わせてはいなかったが、吐き出した言葉の半分は真実だ。

今はルクスといえど本質はアダマス。自ら人間の敵である彼の力を取り戻させることをするつもりはないし、彼よりも我が身のほうが可愛い。相手がアダマスに執着している以上、ソウにとってお荷物でしかない彼を庇《かば》う理由などどこにもなかった。

ルクスを庇うことになにかしらの価値があるなら考えたかもしれないが、自分にとってまったく利益にならないルクスを守り、自らの身を危険に晒すことなど無意味でしかない。

仮にルクスのために行動したところで、いつか彼はアダマスに戻る。そうすれば彼にとって不利益な旅は終わる。そうすればソウたちは二度と会うことはないだろう。

どうせ別れるという結果が変わらないのなら、今切り捨てたところでなんの問題もない。ただソウの知っているところで彼が死ぬか、その寿命が少し延びるか、ただそれだけだ。

「――あなたとの約束は守るんですから、おれは無傷で解放してもらえるんですよね」

サイレスの誠実さを疑うソウに、余裕を持った表情に戻った彼は満足げに頷きながら言った。

「ああ、いいだろう。今からあいつをここに連れてくる。そこでおまえはあいつを見捨てる発言をしろ。今の言葉をそのまま言ったって構わない。随分とおまえを信頼しているようだったからな。絶望させてやるんだ」

「わかりました。その後はあの人を始末するんでしょう。だったら、その前に逃げさせてください。いくら魔族とはいえ、誰かが死ぬ姿を見るのは、ちょっと……」

ここにきて初めて、ソウはわざと語尾を弱めて目を伏せる。

いくら見捨てることを選択した相手といえど、その死に様を見たいとは思わない。

「好きにしろ。役目さえ果たしてもらえればこれ以上おまえのような人間に用はない。おい、今すぐあの馬鹿男を連れてこい」

「はっ」

ソウの背後にいた空間転移の術者が、宙に生み出した歪な輪のなかに消えていく。

亀裂は一旦閉じていった。それがあった場所を眺めながら、これからの展開を頭のなかで想像している男は、怜悧な容貌を研ぎ澄ませるようにくすりと笑う。

「さて、あいつの表情がどう変わるのかが楽しみだ。なにを言っても、なにをしても反応しなかったやつがどうなることやら」

ソウの皮肉も嫌味も一切効かなかったときのルクスを思い出す。

どうやら見栄《みえ》を張る性格らしく、なおかつ神経質であると思われるサイレスにとってみれば非常に苛立たしい相手だっただろう。

活躍できない不満を解消するためにアダマスを突いたところで、彼は歯牙《しが》にもかけてくれない。嫌がったり疎《うと》ましく思ってくれたりすれば少しはサイレスの溜飲も下がっただろうに、相手に興味を抱かないという無反応は屈辱的であっただろう。

ようやくサイレスの憎しみの片鱗《へんりん》を理解できた気がして、ソウはわずかながら彼に同情する。

パキン、と陶器にひびが入るような音がして、再び空間に亀裂が入る。

歪められた黒い円のなかからルクスが飛び出してきた。

「ソウ！」

ルクスに遅れて、慌てて緑髪の部下が抜け出てくる。引き留めようと手を伸ばすが、一歩遅い。

こちらに向かって駆け寄ろうとする男に、ソウは叫んだ。

「来るなっ！」

「――っ」

初めて聞くソウの怒鳴り声に、ルクスはすくんだように足を止めた。

「あんたのせいだ」

「ソ、ソウ……」

「あんたのせいで、とんだとばっちりだ」

心配していた顔を戸惑いに変え、そして今度は驚いたようにルクスは唇を引き結ぶ。

彼を睨みつけながらソウは吐き捨てた。

「おれは平穏に旅をしたいんだ。記憶喪失だから、可哀想《かわいそう》で連れてきてやったけれど……とんだ疫病《やくびょう》神《がみ》でしたよ。言いつけは守らないし、勝手はするし。食い意地は張っているわ、強引だわ、面倒事ばかり拾ってきて……」

何度言っても勝手に傍を離れては、興味のあるもののほうへ行ってしまって。使い方は考えろと渡した小遣いの大半は食べ物に費やされ、ソウの分の食事まで狙っている始末だ。ソウが興味ないこともお構いなしで引っ張っていかれて、振り回されて。

ルクスと過ごした四か月間は、あまりに騒々しかった。風邪を引いたときですらまともに大人しくしていなかったのだから、いい加減疲れもする。

「――あんたなんか、拾わなきゃよかったよ。もう一緒にはやっていけない。これ以上おれに関わらないでください」

いつかは言ってやろうと思っていた。ここまで辛辣《しんらつ》でなくても、別れの言葉は初めから決まっていたのだから。

けれども、心に決めていたはずの台詞はやけに喉にひっついた。それがひどく、息苦しい。

驚くか、縋ろうとするかと思っていたルクスは、静かにソウの言葉に聞き入っている。

なんとなくは予測していただろうか。いつまでもこのままでいるわけにはいかないと。

それが少しだけ意外なような気がしたが、実のところルクスのなかのソウはそれほど大きくなかったのかもしれない。

愛想のいいやつだから、ソウから見放されてもどこでもやっていける。きっとそれを知っている。だから自ら離れていこうとするソウを引き留めようとしないのか。

「あんたをこの人たちに預ければ、おれだけは助けてくれるって約束してもらえたんすよ。だからあんたとの旅はここまでだ。悪く思わないでくださいよ」

「悪く思うことはない。おれはソウを信じているからな」

拒絶して、見捨てた。ソウははっきりと彼に事実を告げた。

それなのに、こんなときでもルクスは笑うのか。

穏やかに、その言葉に偽りはないと証明づけるかのように。

「……は。なんだよ、それ……」

気づけば溢れていた声が、微かに震える。

俯き、後ろに括られている両手をぎゅっと拳に変えた。

「あんたは馬鹿だけれども、お人よしで、実直で、善人でしたよ。だけど本当は記憶のない、なにも持たない空っぽな自分を肯定してもらいたかったただけでしょう。周りの人から感謝されることで満たしてもらいたかっただけでしょうよ」

自分がそんな言葉を吐き出す意味を理解しながらも並べていく。

傷つけばいい。ソウの言葉で、怒ればいい。

もうおまえなど知らないと、愛想を尽かしてくれればそれでいい。

嫌ってくれれば、この後抱くであろう後味の悪さは軽減される。そのためにソウはルクスを傷つける。

「おれを信じているってのだって、見捨てられるのが怖くてごますっていただけだ。今もそれを続けて、そんなにもこの場から助けてもらいたいですか。必死ですね。でも無駄ですよ。おれだって自分のことでいっぱいいっぱいだ」

いくら相手がアダマスといっても、これから彼を殺すという相手のもとに置き去りにしていくのだからまったく胸が痛まないわけではない。だがそれは単なる人としての良心であって、ルクスだからそれを感じるというわけではない。置いていくのが誰であっても多少は心苦しく思ったはずだ。誰であっても同じなはず。

——そう、自分に言い聞かせる。罪悪感は、この胸の息苦しさは、ルクスだけに抱くわけでは決してないと。

閉じたままになりそうになる口を無理矢理動かし、最後の言葉を吐き捨てる。

「いい加減わかってくれました？　あんたの面倒を見るなんてもうごめんだってこと」

「ソウ」

淀《よど》みなく流れる言葉がふと途切れる瞬間を待っていたように、ルクスは言った。

「約束、しただろう。ソウがどう思おうと、おれはソウを信じているってな！」

頭を上げると、そこには力強い声音の通りのルクスの笑顔があった。

にいっと歯を出し、日差しを弾く己の金髪のごとき眩さで笑う男に、ソウは負けぬようにと強く睨んだ。

「そんなもの知るか。勝手に信じて一人でのたれ死んじまえ」

何度も言った。ルクスは繰り返信じないと。

それなのにルクスは繰り返す。ソウを信じている、と。

見返りも、同じ想いさえも返ってはこないのに、それでも。

指切りしただけの約束を果たそうなどと、本物の馬鹿ではないか。仮に約束を守ったところで、それでもソウの信頼を得られるわけではないし、むしろアダマスにとっては不利益でしかないのに。

これ以上はルクスの戯言《ざれごと》に付き合いきれないと、サイレスを促そうと彼に目を向ける。これまでの成り行きを見守っていたサイレスがちょうど舌を打つところだった。

「もういい。その人間は解放してやれ。後は好きにするといい」

両腕を括っていた縄《なわ》が短剣で断ち切られ、背後に立っていた部下が退く。

縛《いまし》めが解かれたソウは、ルクスを振り返ることなく、崖の反対側に広がる森に飛び込んだ。

ソウが立ち去った後、あの場でなにが起こるかは十分に理解していた。サイレスの言葉は単なる虚勢ではない。きっと、実行されていることだろう。

ソウが与えた魔封じの腕輪の影響で著しく力が落ちているうえに、先の雷使いとの一戦で体力を消耗しているルクスは、いくら正体がアダマスといえども四天魔人のサイレスに敵うとは思えなかった。

だがそんなもの、ソウの知ったことではない。

これまでともに旅をしてきたルクスは、アダマスであってアダマスではなかった。あくまで記憶喪失の、己を人間と思い込むルクスだったのだ。しかし今回のことで己の正体を知ることになるだろう。そうすれば彼は再び人間の敵に戻る。

いっそのこと同士討ちしてもらったほうが人間側にはありがたい。暗殺を企《くわだ》て失敗してしまったとしたら、サイレスにどのみち後はない。今後ルクスの記憶が戻ることがあれば、自分の悪事が公《おおやけ》になってしまう。そうなれば魔族側からは裏切り者だと糾弾されるだろう。そうならないためにもルクスであろうがアダマスであろうが、彼にとっては邪魔者でしかない。

もし仮に、奇跡的にルクスが勝利したとしても、己を殺そうとした相手のために沈黙を貫くほどお人よしではないだろう。

これで、よかったんだ。

後はあの二人の問題で、自分には関係ない。もうなにもすることなんてない――。

しばらく森を走り、ルクスたちのもとからある程度離れた場所で足を止めた。

道などない森のなかの足場の悪さにわずかに弾んだ息を整えながら、目を閉じ、懐に手を差し入れる。

はあ、と深く息を吐いた瞬間、ひゅっと背後で風が切られる。ソウは右手に握っていた短剣で、首を狙って薙いだ剣を受け止めた。

「なっ」

剣はすぐに退いて、背後で漏れた声の主は慌てたように飛び退《の》く。

耳元で鳴った金属音に眉を顰《ひそ》めながらソウは振り返った。

「やっぱり、約束なんてするものじゃないですね」

「……気づいていたか」

視線の先にいるのは、先程別れたはずのサイレスの部下の一人だった。

ソウの首を刎《は》ねようとした剣を片手に、焦りを滲ませる顔で歯嚙みする。まさか受け止められるとは思っていなかったのだろう。

四天魔人による同志の暗殺を知ってしまったソウを生かしておくはずがない。

ソウを解放するように思わせて、後で追っ手を向かわせるだろうと判断していたが、やはり間違いではなかった。

「おまえを生かしておくわけにはいかない。悪いが、ここで死んでもらうぞ」

「それは困ります。まだやることがあるので」

相手にとってソウの意見など不要のものだ。

ソウは首を振るが、男の握った剣の切っ先が向けられる。

「見逃してはもらえませんかね、お互いのために」

「聞き入れられるわけがないだろう」

「そうですか。それは残念です」

交渉の余地はないようだ。

片手に持った短剣を手のなかでくるくると回しながら、はあ、とソウは溜め息をひとつついた。


気絶してしまった魔族の男を、周囲から採取した蔦《つた》で雁字搦《がんじがら》めに拘束して放置する。

彼から離れて、さらなる追っ手の気配がないことを確認してから、懐にある笛を取り出した。

ピッ、と一度だけ短く鳴らす。ソウが上を見上げれば、視界の半分を覆う枝葉の色の隙間から真白の鳥が下り立った。

腕を持ち上げれば、鳥は一直線にそこを目がけて下りてくる。

「悪いけれど、急ぎであの人に伝達してほしい。おれの声を届けてくれ」

ソウは鳥に向かって今自身の置かれている状況と、ルクスとサイレスのことを説明する。以前から定期的にソウの身の回りに起きたことを手紙にしたためていたため、伝えたい言葉は少なく済んだ。

察しのいい相手のことだから、きっと迅速に動いてくれることだろう。

話を終えて、鳥の頭を三度指先で撫でると、鳥はすぐにソウの腕から飛び立つ。

勢いをつけ始めたその途中、鳥の身体は突如として集中した光によって包まれる。淡い輝きは膨れていき、光が霧散《むさん》すると、そこには一羽の巨鳥がいた。人が二人乗れるほどに背は広くなり、真っ白だった全身は尾だけが朱色に染まり、軌跡を刻むように長く伸びている。

ソウが時折伝令として使役《しえき》している白い鳥は、ただの生き物ではなく、実のところ魔法具に非常に近しい存在であった。

今ソウの言葉を届けたい相手の仲間が、ただの鳥を改造して魔鳥にしてしまったのだ。そのため世界中、昼夜も天候も問わずどんな環境でも飛行することが可能だ。休息も短く、迷わずソウのもとにも、飼い主のもとにも戻ることができた。かつ緊急時には先程見せた本来の姿である巨鳥に戻り、敵に対抗したり、風のような速さになったりして伝達してくれるのだ。おまけに短時間ならば音声も覚えて真似《まね》て伝えてくれるなど、非常に優秀である。

町からかなり離れた場所まで移動させられたソウを追いかけてきてくれたのだから、魔鳥の賢さに救われた。おかげで予定よりも早く〝彼〟と連絡がつくだろう。以前ソウが滞在していた村が下流にある山のなかであるとわかったことから、現在その人がいる場所とそれほど離れていないと予想がついた。

〝彼〟に任せたのだから、日暮れまでには事態は収束することだろう。後はすべてが終わるのをここで待てばいい。

魔鳥が消えていった空をいつまでも見つめていたソウは、ふと我に返り後ろ頭を掻いた。

ぼうっとするなど、自分らしくない。

息を吐きながら、後ろに生えていた木にぶつかるように背を預ける。そのままずるずると落ちていき、根元で胡坐を掻いた。

報告をしたのだから、もう自分がやるべきことはない。だから安全なここにいることはなにも間違いではない。そう思うのに何故か落ち着かない。

聞こえないはずの争う声が耳の奥で響いている気がする。サイレスの薄ら寒い笑い声が、ルクスの呻きが。

両膝を立てて、頭を抱えるようにソウは膝に額を押しつけた。

あの場から逃げ出すためにソウはルクスを見捨てたのだ。二人で助かる方法など初めから考えもしていなかった。確実に自身の安全が確保されるほうを選んだからだ。

アダマスを助けて得る利益などない。むしろ同士討ちで少しでも戦力が落ちてくれればいいと、そう願った。

いつだってソウは自分のことしか考えていなかった。それはソウが一人背を向け走り去ったことで、ルクスもよくよく思い知っただろう。見捨てられたのだ、と。

けれども何故だか、見放された彼の悲しむ顔が想像できなかった。裏切られたと怒る姿も。

それどころか、ソウのなかのルクスは今でも笑っている。またあの、幻想のような言葉を繰り返している。

——馬鹿だな、あの人。信じている、だなんて。

最後までソウは信用などしなかったのに。ひどい言葉を吐き捨て、ルクスを殺そうとする者だらけの場所に置き去りにしたのに。

それでもルクスはソウを信じたままでいる。そんな気がした。

だって、これまで何度だって彼は笑ってきたのだ。つれなくしても、突き放しても、ときに強く拒絶しても、傷つけても、それでも。

彼のことは信用していないけれども、彼の心の内などわかるはずもないけれど、今もまだ純粋にソウを見ているのだと思ってしまう。

彼はソウを優しいと言った。そして孤独だとも。笑ってほしいと言って、なんでも許してきた。

甘い言葉をかけられ懐柔《かいじゅう》されるほどソウは単純ではない。それくらいで他人を信頼できるのならば、もっと素直な性格をしているはずだ。

あの男のことだ。きっと、そんなつもりで言っていたわけではないのだろうが。

「いっそ、記憶を取り戻してくれていればよかったのに」

これまで幾度、同じ言葉を胸の内で繰り返してきただろう。しかし声に出したのはこれが初めてだった。

彼が今、ソウの知らぬアダマスでいればこんなにも気にかけることなどなかったろうに。

だが、違う。

あそこにいるのはルクスだ。これまでソウとともに旅をしてきた、どんなときでも笑ってしまうあの大馬鹿野郎なのだ。

「――ああ、畜生！」

顔を上げて、咆哮《ほうこう》するように叫ぶ。

ソウは立ち上がり、安全な居場所から抜け出した。

違う、本当の大馬鹿野郎はきっと自分のことだ。

もう終わったことだと放っておけばいいのにそれができなくて、いつまでもぐるぐる考えてしまって。

今までだってそうだ。なんだかんだ彼の雰囲気に巻き込まれ、自分を貫くことができなかった。そのせいで、こんなにも自分らしくもない行動をとってしまっている。

こんなの、一言文句を言わなければ気が済まない。

ただそれだけのためにソウは真っ直ぐに駆けていった。


来た道を戻れば、すっかり息が弾んだ頃にようやくあの開けた崖に辿り着いた。

走っている途中に、どう現れてやろうかと計画を立てようともしたが、身内同士の喧嘩に首を突っ込むだけでなにをそんなに考える必要があるんだ、と思うとすべてが馬鹿らしく感じてしまう。

結局ソウは、半ばやけくそでその場に飛び込んだ。

それまでお互いに意識を向けていた敵対する魔族たちの視線が、一挙に押し寄せる。

「ソウ！」

帽子を被っていても目立つ金髪の男は、探さずとも一番に目が向いてしまう。

ソウの顔を見るなりルクスは、驚くでもなく相好《そうごう》を崩した。

やはりソウを信用したままであったらしい。きっと戻ってくると思っていたのだろう。

――本物の馬鹿だ。

とはいえ、戻ってきてしまった今のソウは他人をとやかく言える立場にない。

そんなことを思いながら、ルクスの身体に目を向ける。細かな傷や痣《あざ》は見られるが、どれも重傷ではなさそうだ。持ち前のしぶとさで持ちこたえていたらしい。なにより表情にはまだゆとりがある。

ソウが離れて、それなりの時間が経つというのに。彼の体力は底なしであったと痛感する。

「なっ、おまえ、なんで……！」

発せられた声でようやく、ルクスの隣で剣を構えたサイレスに気がついた。こちらはルクスとは対照的で、まるで幽霊を見るかのように引きつった表情をしている。それもそのはずだ。刺客を差し向け始末したと思っていた者が現れたのだから。

上司に釣《つ》られて部下も動きを止めるなか、ソウは口角をわずかに持ち上げる。

「あんた、詰めが甘いって言われません？」

「なんだとっ」

「残念ながら、おれはあんたらの思っているような一介の旅人じゃなかったって話です。そんなんだからアダマスを取り逃がすんですよ」

「なっ、なんだと……！」

「サイレスさま、落ち着いてください！」

「今はあの人間よりアダマスさまでしょう」

安易な挑発に引っかかりそうになったサイレスを部下が宥める。その数は当初の四人から二人に減っていた。消えたうちの一人はソウの追っ手としてやってきた者で、もう一人はルクスが倒したのか、地面に突っ伏している。それはあの雷使いの姿もあった。

屍《しかばね》のように身じろぎひとつしないが、気絶しているだけのようで、肩がわずかに上下していることが確認できた。

「あの人間は我らが相手いたしますから、サイレスさまはアダマスさまを」

「ああ、わかった……いやだからあいつにさまをつけるな！」

「もっ、申し訳ありません！」

ソウが来るまでも幾度か繰り返したやり取りなのだろう。目をつり上がらせるサイレスに残っていたあの空間魔術使いの部下が頭を下げる。

その間にルクスのもとに行こうとしたが、行く手をもう一人の部下が阻んだ。

「どこに行くつもりだ」

片方はおっちょこちょいのようだが、もう片方は冷静さを欠いてはいないようだ。

ソウが短剣を取り出すと、相手も手にしていた剣を構える。

彼の髪色から推測すると、扱う魔法の種類は植物を操るもの。しかし現時点で使用する素振りが一切ないということは、魔術を苦手とする魔族かもしれない。

魔族は魔法を得意とする者が比較的多いが、人間のなかにも得手不得手があるように、なかには魔法を得意としない者もいるのだ。

そうなれば彼は武術に長《た》けているということになる。皆が魔法と武術を双方高めていくなか、片方だけに力を注げばそれだけその片方が身につくというものだ。

魔法を使用する戦術か、そうでないかによってソウの身の処し方も変わってくる。慎重に相手の出方を窺っていると、脇から声がかかった。

「ソウ！　来ると思っていたぞ！　ちゃんと一人で頑張っていたんだ、後で褒めてくれ！」

「あんたのために戻ってきたわけじゃないですよ。それに自分のために頑張るのは当然でしょうが」

「そ、それはそうだが……だけどな、ソウ。結構大変だったんだぞ……？　こいつらしつこいし、強いし――」

「わたしを挟んで話をするなっ！」

ルクスの言葉の途中、耐えきれなくなったサイレスが両腕を上げて、二人の間を遮るようにぶんぶん振った。

「ちょ、サイレスさま！　武器を持ったままじゃ危ないです！」

「うるさい！　おまえたち、しっかりそいつを押さえておけ！」

目の前の男が溜め息をつく。騒々しい上司に向けてだろうか。

恐らく命令に振り回されているのであろう彼に同情するが、手を抜くつもりはない。それは相手も同じのようで、ソウを見る目に隙はなかった。

空間魔法の使い手は武術に関しては不得手らしく、ルクスとサイレス、ソウと部下のそれぞれ対峙する二組を遠巻きに不安げな眼差しで見つめている。

強い風が吹くなかで、脇のほうでルクスとサイレスが動き出す。それに合わせるようにソウも踏み出し、敵と刃を交えた。

あまり腕力に自信のないソウは、受け止めた剣を脇に流す。相手の手首を摑んで、彼自身の力の流れた先に引っ張り均衡を崩してやろうとしたが、相手が踏ん張り成功しなかった。

一旦、間合いを取ろうと飛び退くが、切っ先が翻《ひるがえ》り追いかけてくる。すんでのところで避けながら反撃を繰り出すが、男もすれすれで逃れていった。

より相手に接近しなければならない短剣を握るソウは、懐に入り込もうとするが、それを警戒する男にうまく距離を取られてしまう。無理に追いかけようとすると、相手の剣で斬りつけられて、満足のいく攻撃を仕掛けられない。

油断ならない戦いのなかではあるが、ソウは時折ルクスたちに目を向けていた。

幸いなことに、サイレスの魔法は土を身に纏うことでそれを鎧《よろい》にするものであり、防御に特化しているので攻撃には向かない。鎧以外の形状にもできるらしいが、直接肌に触れさせなければならないという噂だ。耐久戦を得意とするところもアダマスと若干被っているので、余計に彼が気に食わなかったのだろう。

しかしルクスは武器を持っていないため、己の拳のみで戦っており、一方のサイレスは剣を所持しているのでルクスの不利は確実だ。それでも未だにサイレスが仕留めきれないのは、単に身軽なルクスに攻撃を避けられてしまうからのようだ。

「くそ、ちょこまか動くな！　大人しく斬られろ！」

「そんなことできるわけないだろう！」

――サイレスはルクスを馬鹿と言っていたが。どうもあまり人のことをとやかく言えないような気がしてならない。

サイレスもサイレスで抜けているところがあるのでは、とソウが思っていると、鼻先を剣の切っ先が擦める。一拍遅れて前髪が風圧に揺れた。

刀身を辿って持ち主の顔を見れば、やや不機嫌そうに眉が寄っている。余所見をするな、とでも言いたいのだろう。

つい二人に気をとられてしまったが、まずは目の前の敵だ。

今もぎゃあぎゃあと騒がしい声が聞こえるものの、集中しようと意識を研ぎ澄まそうとしたそのとき。

一際強い風が、うねりを上げてソウたちを襲った。

「っ――」

風に煽られ、一瞬身体がふらついた。吹き飛ばされそうになる頭の布を押さえながら足に力を入れてどうにか耐える。部下の男もこれほどの突風は予想していなかったらしく、両腕を交差させて顔を覆う。

「阿呆め！」

強風が過ぎ去ろうとした頃、サイレスの高らかな声が響いた。

再び二人に目を向けたとき、ルクスは手を伸ばし大きく体勢を崩していた。指先が追いかけるのは、いつも大事に被っているあの帽子だった。

突風で飛ばされたのだろう。かろうじて帽子は掴んだが、生まれた大きな隙は埋めることができない。

訪れた好機を逃すつもりのないサイレスが、ルクスに向かい剣を振り下ろす。これまで身軽に躱してきたルクスだが、今頃になって気がついた凶刃からは逃れようもない。

「っ馬鹿――――！」

咄嗟にソウは頭を押さえていた手を伸ばすが、間に合う距離ではない。邪魔をさせまいと、部下の男もソウの行動を制止すべく剣を突き出そうとするのが視界の端に映った。

再び強く風が吹くも、今度は誰も目を逸らさない。

振り下ろされる刃が止まることもなくルクスの身を裂こうとしたそのとき、ソウは力の限り叫んだ。

「止まれっ！」

ごう、と吹き荒れていた風の音がぴたりと止んだ。

ソウに向けられた切っ先も勢いを失い、部下の男は制止する。

彼だけではない。今まさにルクスを亡き者にしようと、勝利を確信し笑っていたサイレスも、驚いた顔のルクスも、遠く下を流れる川も、空を漂う雲も、ソウを除くすべてが停止していた。

ソウだけを残して、世界の時が止まったのだ。

これまで人前では頑なに外してこなかった頭の布が、強風に攫われ脱げかけていた。ソウが走り出すと、布も制止した世界に取り残され、落ちることもなく宙に留まる。

高笑いをする滑稽な表情で固まるサイレスの脇を通り、ルクスのもとまで辿り着いたソウはまず彼の無事を確認した。

刃は身体に触れてはいるものの、薄らとした赤い線を引いただけで止まっている。どうやら間に合ったようだ。

安堵に胸を撫で下ろしたソウは、振り返り、背後にいたサイレスを蹴っ飛ばして後ろにひっくり返らせる。

同じく肩口を蹴ってルクスを仰向けに倒して、腹の上に乗って拳を振り上げた。

その瞬間、再び時は流れ始める。

強風は過ぎ去りながら、木の葉とともにソウの頭巾《ずきん》を遠くに飛ばしていく。部下は虚空《こくう》を突いて、サイレスは高笑いの続きに浸っている。

ルクスは摑んだ帽子に安堵する。

全員が状況の変化に気がつかぬうちに、ソウは普段は押さえ込んでいる髪を突風に舞わせながら、握った拳で締まりのないルクスの頰を思いきり殴った。

「いだーっ⁉」

ルクスは帽子を胸に引き寄せ、殴られた頰をもう片方の手で押さえる。

涙目になりながら、状況をのみ込めないままソウを見上げた。

「えっ……そ、ソウ⁉　な、なんで殴られ……あれ、その頭――」

「あんたは馬鹿か！　殺しに来ている相手を目の前にして、なんで帽子なんて追いかけるんだ！　そんなの放っておけ！」

時が止まっていたルクスからすれば、ソウが突然現れたうえに、何故か殴られている。そしてルクスの目に映るソウの様子は、ただ頭の布が取り払われただけとはいえ大きな変化があった。

十分に困惑するに値《あたい》する状況であるが、それですら今のソウの気に障《さわ》る。

「あんたさっき、本当に死ぬところだったんだぞ！　それになんださっきから。戦うなら戦うでもっと真剣にやれよ！」

まるで友人と悪ふざけをしているように騒いでいて、どうにも緊張感が欠けていた。足止めのために戦いを挑まれていたソウと部下の男のほうが、よほどそれらしく対峙していただろう。

そんなんだから、油断して死にそうになるのだ。

「そんな帽子を追いかけて……命とその帽子、どっちが大事なんだ！」

どんなにものを大切にしていたとしても、自分の命がなければそれも無意味なことだ。優先順位を違《たが》えて自らを危険に晒したルクスには、いくら言葉を重ねてもなかなかソウの怒りは収まらなかった。

もしソウがこの場に戻ってきていなければ。あそこでソウが救い出さなければ、もしサイレスが奥の手を用意していたならば。今頃ルクスはこの世にいない。身体を真っ二つにされていただろう。

想像しただけで足元から這い寄る薄ら寒さに、ソウは芯から身体を震わせる。

「おれとの約束だって、あんたが生きてなけりゃ……っ」

言葉が詰まって、ソウは口を閉ざした。けれども言い足りない不満は未だ胸中を渦巻いている。

吐き出せない想いを訴えるように、ルクスの胸を強く叩いた。

加減はしていないのに、平然とする彼がなおのこと腹立たしい。

激情をルクスにぶつける自分を、心の隅から覗くもう一人の自分がいる。

なにをそんなに熱くなっているのだと。なにがそんなに気に食わないのかと。

冷静な己が語りかけるが、答えは出ない。

ソウはルクスを見捨てた。どうなろうと知ったことではない、自分が生き残ればいいのだと、敵が多くいるなかに彼を置き去りにした。そんな自分が何故、死にかけた彼に説教などしているのだろう。

戻ってきたのはただの気まぐれだ。ぐるぐる考えるのが面倒になってしまって、だからとりあえず身体を動かしてみただけのこと。そこに深い理由などない。

帽子に気を取られるなど、本人の油断が招いたことなのだから放っておけばよかったのだ。それでサイレスに殺されてしまったとしても、それこそ馬鹿な男だったと間抜けな最期《さいご》を呆れながら見送ってやればよかった。きっと、今までの自分ならそうした。

でもできなかった。気がつけば身体が動いて、己の本性を晒してまで助けていた。

自分の命よりも帽子なんかを優先したのが許せなかった。ひどく腹立たしくて、凶刃から助けてやったものの、一発殴ってやらなければ気が収まらなかった。それでも感情は高ぶったままで彼を怒鳴りつけた。

けれどそんな制御しきれない激情の裏で、ルクスの無事に安堵する己もいた。それがなおさらソウ自身の神経を逆撫でる。自分勝手にしているのはソウのはずなのに、何故こんなにもルクスに心を振り回されなければならない。

だから放っておけばよかったのだ。こんなことになるなら、こんな情けない自分を知らなければならないのなら、あの安全な場所に居続ければよかった。

――違う、本当はわかっている。

こうなることもきっと予感していた。ルクスを怒鳴ったこともただの強がりだ。彼を責めたてなければへたり込んでしまいそうだったから。極度の緊張と、それに続く安堵に全身から力が抜けそうだったからだ。

(――約束だって、あんたが死んだらなんの意味もない)

詰まらせてしまった言葉の続きを、心のなかで呟く。

ルクスの胸に置いた握り拳を解いて、てのひらを当てる。ソウに驚かされたからなのか、服越しでも力強い鼓動《こどう》が確かに伝わる。

手の下の熱を感じていると、そっとルクスの手が重ねられた。

「吃驚《びっくり》させてしまったな。それに、心配もかけた。すまない」

顔を上げると、初めて見せるソウの剣幕にたじろいでいたルクスが、今は眉を垂らして笑っていた。

「だがこの帽子も、おれにはかけがえのないものだから、どうしても失うわけにはいかなかったんだ」

「――おれが、買ってやったから、とか。そう抜かすんじゃないでしょうね」

「なっ……ソウは心が読めるのか!?」

表情を一変させて、いつもの阿呆面に戻ったルクスにソウは頭が痛くなるような気がした。

「どうして、あんたはそう――」

　これまでのぐるぐるとした考えが、一瞬にしてどうでもいいもののように思えてくる。渦巻いていた怒りもいつの間にか収まり、残ったのはほのかな虚脱感だった。こんなに感情を露《あら》わにしたのも、怒鳴り声を上げたのも久方振りだからだろう。

　ひどく疲れたような気がして、深い溜め息を吐き出した。

　とにかく落ち着きたい、普段の冷静な自分を取り戻したいと思って、まずは馬乗りになったままだったルクスの上から退こうとする。

　身体を浮かそうとすると、動きを阻むように腰に手が添えられた。

　重ねていた手が離れて、指先が一房だけ長いソウの髪を掬い上げた。

「初めて見るな、いつも隠していたソウの頭」

　そういえば、この髪を隠していた布はもう被っていなかった。改めて思い出すと同時に、ルクスに自分の正体を知られたことを悟るが、今はなにもかもがどうでもいいように思えてしまう。

　親と別れて以降、他人の目に触れぬようにと慎重に隠し続けてきていたはずなのに。それなのに時折吹く風が髪を撫でていくのが心地よく感じる。

　ルクスは手のなかに流れる一房だけ銀に染まったソウの髪を、普段と変わらぬ温かな眼差しで見つめる。

もっと驚くかと思ったのに、その表情に動揺はなかった。

「きれいだな」

「……馬鹿じゃないですか」

なんで黙っていただとか、騙していたのか、とか。まさかそうであるとは思わなかった、とか。もっと他に言うべき言葉はあるはずなのに、ルクスはそれ以上語ろうとはせず、銀に輝く髪を親指で撫でて気の抜けた笑みを見せる。

「ええい、こんなところでいちゃつくな！」

振り返ると、顔を真っ赤にして剣をぶんぶんと振り回すサイレスがいた。

「おまえ、よくもわたしを騙したな！」

そういえば面倒な相手はもう一人いたのだった。

話をするにしても、今の体勢では様にならないと、ソウはルクスから腰を上げる。さすがに今度はルクスも邪魔をしようとはしてこなかった。

二人とも立ち上がり、軽く埃《ほこり》を払い、二人が会話している間は律儀に沈黙して待ってくれていたサイレスに向き直った。

「いちゃついていませんし、騙してもいませんよ。おれは一度たりとも自分を人間だなんて言っていませんから。まあ、魔族でもないんですが」

黒髪であるはずのソウの頭から、一筋だけ流れる銀の色。それはソウが、人間と魔族の混血児であることを示すものだった。

ソウは、今では数えるほどしか残っていない銀の民の生き残りの一人であったのだ。

銀の民の血を引く純血の魔族である父と、同じく生粋《きっすい》の人間であった母の間に生まれたのがソウである。

人間の血のほうが濃いからか一房だけ魔族特有の色彩を見せる髪を、いつも布の下に隠して生活していたのだ。

「銀ということは、おまえ銀の民の血を引く者だったのだな。しかし混ざり者であればそれほど魔力を有してはいまい。時を止める力があるようだが、世界に干渉するそんな大魔法しばらくは使用できないだろう」

一瞬で大方の事情を見抜くあたり、いくら間抜けな男とはいってもさすが四天魔人と言えよう。

銀の力は時間を操作するものだ。族長を務めるほどの実力者ともなれば、過去と現在を行き来する魔法を使用することもできたのだという。

ソウは時間を司《つかさど》る一族とまで言われる者たちの一員で、一時的に時間を止めることのできる魔法を扱うことができた。しかしそれは十秒にも満たず、一度放つと次に発動できるまで丸二日はかかってしまう。

使用する場面を誤れば好機ははるか遠くなるので、ソウ自身はあまり使わない力だった。

今のソウにはもう時を止める力は残っていない。また同じような危機に見舞われたとしても、もうルクスを助けてやることもできないのだ。それに加え体内の魔力を著しく消耗してしまったので、体力も奪われてしまっている。

「ふん、まあいい。ほんの少し寿命が延びただけのこと。今度こそ二人まとめて始末してやる！」

切っ先が向けられ、ソウも重たい身体を低くして対応しようとすると、不意に影が差す。

「ちょっと、邪魔なんですけれど」

「危ないからソウはここにいてくれ」

「あんたよりは上手に立ち回れます」

庇うように前に出てきたルクスを押し退けようとするも、相手も退く気はないようだ。

「ソウに傷ついてもらいたくないんだ」

「こう見えても場数踏んでいるんで大丈夫です。それよかあんた、自分の心配してくださいよ。さっき誰のおかげで助かったんです？」

「うっ……そ、それはちょっと油断しただけでっ！　今度こそちゃんとやるから！」

「最初からできなかった人が今更できるとは思いませんけれど」

「う、ううっ……でももしも、ソウが傷ついたりしたら、おれは——」

「だからいちゃつくな！」

押し退け合うソウとルクスに、部下たちは呆れて、ほったらかしにされるサイレスは地団駄《じだんだ》を踏む。

「――それはおおむねサイレスに同意する」

そこへ、新たな声が加わった。

「なっ……!?」

どこからともなく聞こえた声に、真っ先に反応したのはサイレスだ。はっとしたように空を見上げる。

釣られるようにソウたちもサイレスの視線の先を辿れば、宙に黒い点のようなものがあった。それは次第に大きくなっていき、みるみるうちに人が一人通れる程の大きさにまで広がっていく。

真っ黒に塗りつぶされた空間から、一人の男が現れた。

装いも、背中を覆うほどの髪も、その瞳も、すべてが漆黒《しっこく》に染まっている。唯一露出している顔と首元から覗く素肌の白さが際立っていた。

目を引く登場の割に、顔立ちは目立った特徴もなく平凡なものだ。全身黒ずくめでなければ、そして髪が短ければ、すぐにでも人波に埋もれてしまいそうだった。

静かな声音の持ち主なだけあって、威圧的な雰囲気も一切なかったが、この場に姿を現した男にサイレスがいよいよ顔色を変える。

魔法を使ったのか、上空から現れた男は落ちるのではなく、ふわりと音もなく地面に足を下ろす。

上司が硬直するなか、二人の部下は恐れおののいたようにその場にひれ伏した。

「まったく。アダマスとサイレスでなにをしているんだ」

「な、何故あなたが……」

「これだけ騒いでいたら気がつく」

狼狽えるサイレスにちらりと目を向けた男は小さく溜め息をついた。

「サイレス。今回は現行犯だ。見逃してやることはできない。後でじっくり話を聞かせてもらおうか」

黒ずくめの男は指先をサイレスに向けて軽く振る。すると土しかなかった地面から植物の蔓《つる》が伸びてきて、一瞬にしてサイレスを拘束してしまった。

腕と足をまとめて縛められただけでなく、さるぐつわまでされて、サイレスは暴れてなにかを叫ぶが言葉にはならない。

「よし、まあこんなものでいいだろう。おまえたち、サイレスを運んで先に帰っておいてくれるか」

「は、はいっ」

上司の情けない姿を呆然と見ていた部下の二人は、男に目を向けられ飛び跳ねるように立ち上がった。

ソウと対峙していた男は、倒れているもう一人の仲間を抱え上げ、空間転移の魔法を使える男が道を作る。

「ああそれと、森のなかで一人気絶しているようだから、後でそちらの回収も頼む」

付け加えられた男の言葉に何度も頷いた二人の部下は、暴れるサイレスを引きずりながら、倒れていた仲間も連れて歪な輪のなかに消えていった。

手を振りながらその様子を見送っていた漆黒の男が振り返る。

「さて。これでようやく静かになる」

これまで表情を変えなかった男は、ここで淡く微笑んだ。

彼が使用した魔法は空間転移だけでなく、サイレスを拘束する際には植物を操った。

確かに異なる種類の魔術を扱ったのに、彼の髪色はどちらにも属さない黒だ。もし仮にソウと同じ人間と魔族の混血だったとしても、髪が一房だけ色が異なるなど、なにかしら外的要素の違いがあるはずだった。しかし男は瞳さえもすべてが黒く塗りつぶされている。

——もしくは、すべての色が混じって混沌《こんとん》と化しているか。

さらには男が現れたときのサイレスの動揺ぶりに、四天魔人を容易《たやす》く拘束できてしまうほどの実力者であることを考えれば、彼の正体はいやでも予想が立つ。

「……あなたが、魔王アルスですね」

「いかにも」

万物の魔力をその身に秘める最も優れた魔法の使い手であり、魔族の頂点に君臨《くんりん》する者。人間にとっては最大の脅威となる男は、そんな実力を露ほども見せずにほんのり笑んでいる。

まさかこんな大物が出てくることを想定していなかったソウは、ひとまず相手の出方を窺う。

彼はソウに向けていた余所行きの笑みを消し去ると、隣に立つルクスに目を向けた。

「まったく、いつまでふらふらしているんだ。おかげでサイレスの暴挙の証拠を掴むことはできたが、こんなにも城を空けずともよかっただろう。代わりをするおれも暇じゃないんだ」

「……代わり、と言うことは、あなた自らが影武者を務めていらしたのですか」

迷ったが、言葉を挟んだ。

アルスは頷くと、てのひらを顔に翳し、上から下に動かしていく。すると、一瞬にしてアルスの顔がルクスのものに変化した。

髪型も体格ももとのままだったのでなんだが気味が悪かったが、あえてそれは黙っておく。恐らく全身を変えさせることもできるのだろう。

アダマス不在のなか彼の影武者が立てられてもなお、彼の不敗伝説が破られなかったからくりを知り納得する。魔王自らが相手をしているのだから、そこら辺の挑戦者たちが敵うはずもない。

再び手を翳すとアルスは自分の顔に戻った。

「さあ、そろそろ帰ってきてくれ」

アルスはアダマスに向かって言っているつもりだろうが、ここにいるのはルクスだ。彼がどこまで把握しているのか不明だが、記憶喪失であることは知らないようだ。

「あの、ちょっと待っていただけませんか――」

「もう十分楽しんだだろう、兄さん」

ソウとアルスの言葉が重なる。

「え」

「え」

再度、今度は互いに目を見合わせた。

アルスはソウに声をかけられたから止まっただけだが、ソウはアルスのさらりと発した単語に脳内での処理が一瞬鈍くなる。

「……にい、さん？」

「ああ。アダマスはわたしの実兄であるが――聞いていなかったか？」

「実兄……？」

思わずアルスを見つめてしまう。輝く金髪のルクスと違って、彼は真っ直ぐな艶めく黒髪だ。華奢《きゃしゃ》ではないが筋肉質でもなく、顔立ちも派手さはない。唯一似ていると思えるのは、肌の白さくらいなものである。

それに、魔王アルスと四天魔人アダマスが実の兄弟であるなど、そんな話一度も耳にしたことはない。

これが他人から聞けば単なる噂と思えたが、当人の口から出たのであれば真実に他ならなかった。

似ても似つかぬ兄弟を前に、思わず目を瞬かせる。

「――なんだ、彼にはなにも言っていなかったのか？　随分と彼を信頼しているようだったから、てっきり話しているとばかり思っていた」

一体いつからアルスはソウたちのやり取りを聞いていたのだろう。

ルクスはソウが逃げ出しても信用し続けていた。もしも初めから見ていたのなら、結局は戻ってきたソウを見て深い信頼関係があると誤解されても仕方のないことだった。

アルスが登場して以降、あれほど騒がしかった男がやけに静かなことに気がつく。

振り返ると、ルクスの目はソウを見ていた。どこかつらそうで、なにか言いたげにしながらも口は閉じていた。

その表情を見て、ふと悟る。

「あんた、まさか……記憶、戻っているんですか」

返事はない。だが、それこそが肯定を意味する。

思い返せばサイレスとルクスの再会からしておかしかった。

記憶のないはずのルクスは初めて会うはずのサイレスの話を混乱もせず聞いていたし、目の敵《かたき》にされてもそれを受け入れていた。それはサイレスのことを知っていたし、彼によって死にかけたことを覚えていたからだ。

だからこそ魔王の登場にも一言も言葉を発さなかった。〝嘘〟の終わりを悟ったから。

「いつからですか」

自分の声音は変わらず平淡で、威圧的に発言しているつもりはないのに、ルクスは目を伏せる。

「それは――」

視線で詰め寄るソウにルクスが口ごもったところで、アルスの声が割って入った。

「まあ待て、ここでは話をするのにも落ち着かないだろう。場所を移して、ちゃんと二人で話し合ってくれ」

魔王は登場の際に用いた魔法で空間に通路を作り出す。

ソウもルクスも動かなかったのだが、不自然な黒の輪のほうから二人をのみ込んだ。

サイレスの部下の術とは違い、浮遊感もなく、暗闇が晴れると、いる場所は室内に変わっていた。

飛ばされた部屋のなかは、広々としているがものがなく、あるのは寝台と衣装棚くらいなものだ。

椅子のひとつも見当たらないあまりにも侘《わび》しい場所だった。

床に敷かれた絨毯《じゅうたん》には細やかな刺繍があり、華やかではあるがものが少ないせいかこの部屋の雰囲気から浮いてしまっている。入り口の扉から寝台までの道のりだけが、人が通っていたことを示すかのようにそこだけ毛が踏み固められていた。

「ここはおれの部屋だ」

「あんたの？」

背後でぽつりと呟かれて、ソウは振り返る。

部屋を見回しているルクスの瞳には懐かしむ色はまったくなかった。

思い返してみれば、ルクスは食べ物ならよく欲したが、ものをねだることはなかった。ソウが買い与えた帽子も初めは物欲しそうに見ていただけだったし、興味が惹かれるものが露店にあっても説明を聞くだけで満足していた。

殺風景な様子からして、アダマスでしかなかった頃からあまりものは持たない主義だったのかもしれない。

あまりルクスと結びつかない部屋に視線を一巡させて、ソウは息をつく。

「それで、いつからなんですか。それとも初めから？」

「――違う、猫を助けたとき……」

「結構、前ですね」

サイレスに猫が溺れている、と騙された記憶が、ソウとの旅のなかで本当に川で溺れている猫を目撃したときに蘇り、過去を思い出すきっかけとなったのだろう。

「どうやら馬鹿はおれだったみたいですね」

「それは……」

「だってそうでしょう？　記憶を取り戻していると気がつかずに一緒に旅を続けて、忘れたままだと思っていたからって助けになんか行って」

確かに猫を助け出した後、いくらかルクスの様子が違っていた。しかしすぐにいつもの彼に戻ったのであまり気にしなかったのだ。だが実際はあのとき確かな変化が起きていて、ルクスはアダマスの記憶を取り戻したのだろう。

ルクスが旅の途中で記憶を取り戻すことも想定していた。なのに、彼の思わぬ役者振りに見抜けなかった。

すうっと心が冷めていく。まるで、心の深いところまで凍りついていくかのように。

とんだ食わせ者だ。馬鹿な振りを続けて、ソウの油断を誘っていたということだ。

まんまと騙された。アダマスの仕組んだ罠《わな》に嵌まり、彼を侮り続けてしまった。

――いや違う。

人の心はわからないと言いながら、きっとルクスはそんな人物なのだと、ソウが自ら彼の虚像を作り上げていただけに過ぎない。自身に言い聞かせていた言葉を忘れた自分が愚かだっただけだ。

自業自得なことに自己嫌悪する。

「もう、いいでしょう。あんたは記憶を取り戻した。それなら、あんたとの旅もここまでです」

彼がなにを狙ってソウを欺いていたのか、重要なことではあるが、今は考えるのが億劫《おっくう》だった。

時間は無駄にしてしまったが、まだソウに実害があったわけではない。ここで別れてしまえば彼が現れる前の日常に戻るだけだ。

これからは二度と同じ過《あやま》ちを繰り返さぬよう、この恥を忘れなければいいだけのこと――そう、心に誓う。

「帰ります」

扉に向かおうと、身を翻して一歩を踏み出そうとしたとき、ルクスに右手首を摑まれた。

「離してください」

腕を引いてもルクスの手は離れそうにない。

手首を拘束する力は弱まるどころか、引き留めるようによりいっそう強くなる。

「ソウ、おれは――」

「離してくださいって、言っているでしょう」

やや声を強めてもなお離そうとはしない。

強引にでも指を剝がしてやろうと振り返ったとき、きらりと光るルクスの腕輪がふと視界に入った。

それを見なかった振りをすることはいくらでもできた。ルクスに爪を立ててすぐにこの場から逃げてやってもよかった。

しかしソウは引く腕の力を緩める。

これで最後だと、土埃で輝きの鈍くなった金の腕輪だけを見つめながら、口を開いた。

「――なんで、腕輪、外さなかったんですか。もうわかっているんでしょう。それがあんたの力を抑えつけていることに。簡単に外せるんですよ」

ルクスであったときにはわからなかったかもしれないが、アダマスならば自分の能力が著しく落ちたままであることを疑問に思ったはずだ。そしてその原因はソウの与えた偽りの効果を説明された腕輪であるとすぐに気がついただろう。

しかし彼は外さなかった。町での騒動の後、ソウが外してみればいいとそそのかしても、約束だからなどと抜かしてなにもしなかった。

魔力封じの腕輪さえなければ、サイレスにも、ましてや部下である雷使いの男にも、苦戦を強《し》いられることはなかったはずだ。

ソウが腕輪を外すなと言ったのは力を抑えておくために過ぎない。それなのに自分の身を危険に晒してまで、律儀に言いつけを守り続ける理由がわからない。

「ソウはこれで、ずっとおれのことを試していたんだろう。おれがルクスのままでいられているかどうかを」

　実はこの腕輪、外すことならば誰にでもできるが、しかし再び装着させることはソウにしかできない仕組みになっていた。そのため一度でも外せばつけ直すことができない。

　もしルクスがソウの言いつけを破れば、一目で判断がつくようになっていたのだ。それを彼に説明したことはないが、気づいていたのだろう。

「これを外した瞬間におれがアダマスに戻ると、敵になると、そう思っていたんだろう？」

　魔力封じがとられてしまえば、これまで周囲に放出していたアダマスの魔力は以前のように体内に溜まり、本来の力が発揮される。

　ルクスの言う通り、人間とはかけ離れた魔力に誘発され記憶を取り戻すかもしれないし、そうでなくても自分が何者であるか気がつくとソウは想定していたのだ。

　実際は猫で思い出したわけだが。

「気づいているか、ソウ」

　ソウを繋ぎ留めているのとは反対の手で、腕輪が纏っていた土埃を軽く払う。それだけで本来の輝きが取り戻される。そこに輪の形に歪んだ二人の姿が映っていた。

　ソウがルクスに腕輪を嵌めてやったのは一度だけ。それからルクス自身が外そうとしたことがないからこそ、今もなお彼の腕で煌めいている。

「これを見る度に、ソウは安心したような顔をするんだ。腕輪をつけ続けていれば、ソウと旅ができる。おれのことをルクスとして接してくれる。だから自分からこれを外すことはしなかった」

「それはおれを騙すためにですか」

「違う。ただソウと一緒にいたかったんだ」

自分の質問にどんな答えが返ってくるのか。それを予測しながら、その通りの言葉をルクスから受け取る。

真っ直ぐに渡される言葉のように、金環《きんかん》のなかの歪むルクスも、その視線をソウだけに注いでいた。

「――やっぱりあんた、馬鹿ですよ」

ぽつりとそんな台詞が零れ出る。

「おれのどこがそんなにいいんですか。結局あんたのこと調べるために騙していたし、そのために嘘だってついてきた。態度だってこんなんで、素っ気なくしてきたのに、それなのにどうしてそんなにおれの傍にいたがるんですか」

何故こんなにもルクスが自分に懐いているのか、ソウには理解できない。

親切であったつもりはないし、扱いも雑なときが多く、距離を詰めようとしたこともない。

それなのにルクスは一緒にいたいのだと言う。自らの力を削る道具をつけさせられたという、真実を知っても変わりなく。

「確かにソウの言う通りだが、今のおれにとってソウはすべてだ。おれをアダマスと知りながら、怯えるでもなく、周りに教えるでもなく、記憶喪失だからと面倒を見てくれて。でも甘やかすばかりでなく、ちゃんと駄目なときは駄目だと叱ってくれた。面倒くさがりながらも、おれの言葉に耳を傾けてくれていた」

アダマスは弱冠十二歳で四天魔人になったと言われている。

当時は今よりも細く、背もそれほど高くない子供そのものの容姿をしていた。子供ならば勝てると思った者は少なくはなく、十二歳を相手に人間は容赦もなく挑んでいったが、ことごとく返り討ちにされた。

彼の無敗伝説は四天魔人として名が上げられたときより始まったのだ。

そんなアダマスの強さに、気軽に接しられる者はいなかったのだろう。

常に彼は一人で、口数が少なく、故に孤高の強さを持つとされていた。

「そんなことで、好きになんて――」

「そんなことなんかじゃない。おれにとっては大切なことだったんだ。今まで誰もそんな風におれを扱わなかった。ソウが初めてだったんだ」

「そんなの、あんたが気づかなかっただけでしょう」

「もしそうだとして、本当は周囲の人が気にかけてくれていたのだとしても、おれが気がつけたのはソウだけだった。知らないものより、知ったもののほうを大事にするのは当然のことだろう？」

もっともな言葉にソウは言葉を詰まらせる。

「ソウ、おれはもう隠し事などしていない。だから言わせてくれ。――ソウが好きなんだ」

手首を摑む指先の力が強まった。

「ソウと一緒にいる間は、全部本当のおれだった。今まで奥のほうに隠してきた、自分でも知らない自分だった。ルクスだっておれ自身なんだ。ソウは空っぽだったおれの中身を埋めてくれた。だからおれも、ソウの心に空いている穴を埋めたいと思った。他の誰でもない、おれの手で」

ふと、ルクスに吐いた暴言を思い出す。

『なにも持たない空っぽな自分を肯定してもらいたかっただけでしょう』――あの言葉が、どれほど彼の心を抉《えぐ》ったかはわからない。傷つけるとわかっていて、あえて突き放すために言ったが、アダマスの心の闇にそれほどまでに触れていたことに気がつけなかった。

だが、そんな言葉の刃を突き立てたソウをそれでもなお慕《した》うルクスはもっと理解できない。

「だからこれでお別れなんて嫌だ。もっと一緒にいたい」

真っ直ぐな言葉に、繋がる場所から視線を逸らし、ソウは目を彷徨わせる。

「――……だって」

ふと過ぎる記憶。

口を開き、そして閉じて、迷いながらまた開いた。

「だって、あんただって、きっと……おれを置いていく」

去っていった父の背中。そればかりが印象的で、もう顔を思い出すこともできない。

母が早くに亡くなり、二人で暮らしていて苦労は多かった。けれども一緒にいられるだけで楽しいことばかりが溢れていた。だがなにが楽しかったのかも忘れてしまった。

父を思い出すと、いつも思う。

なぜ帰ってきてくれなかったのか、と。約束をしたのに、ずっと待っていたのに。

信じていたのに。

「それならおれがあんたを置いていく。あんたがなんと言おうと、おれは独りでいい」

どうせ信頼を裏切られるのなら初めから信頼しない。どうせ別れるのだから深い仲にはならない。

どうせ置いていかれるのだからついていかないし、待つことはしない。

成長して、痛みに耐えられるようになった。けれども慣れるわけでも、感じなくなるわけでもない。

流し方を、対処の仕方を覚えただけだ。

決して離れることのできない自分自身を大切にしてやるだけ。自分の心にさざ波が立たないようにするには、自ら環境を整えるしかないのだ。

だからソウは他人を信じないし、誰も傍に置かない。

いい加減、諦めてくれてもいいはずなのに、それでもルクスがソウの手を離すことはない。

「この先を独りで生きたいのなら、そうすればいい」

一瞬、息が詰まった。これまでかろうじて保たれていた足場が崩れ落ち、奈落《ならく》に落ちたかのようだった。

すぐに呼吸することを思い出したが、急速に指先が冷えていく。さらには震えそうになる指を丸めて拳を握り、心のなかで皮肉げに笑った。

頑なに心を開かぬソウに、ルクスはとうとう愛想を尽かしたのだ。

よくぞここまでもったものだ。しかし彼が諦めたのだから、二人の旅もここで終わりとなる。それでいい——それが、いい。

それではさよならですね、とソウは伝えようと思ったが、その前にルクスは続く言葉を口にした。

「でもな、おれはただ勝手にソウを追いかけるぞ。ソウが本当に嫌だというなら付き纏うことはしない。けれどもおれを信じられないだけだというなら、嫌いではないというならばどこまでもついていこう。ソウが信じてくれるまでな！」

「しん、じる……」

ふっと指先から力が抜けていく。

「ああ！　そして両想いになれたら、今度は手を繋いで歩こう！」

鼻で笑ってやろうと思った。だができなかった。

代わりに、戦慄《わなな》く唇が形を作る。

「――おれ、足速いですよ」

「知っている。足を止める度、よく置いてかれていたからな。でもおれは大股で歩くから問題ない！　すぐに追いつくぞ」

ソウより足は長いしな、と余計な一言に、いつもならなにか言い返してやるのに、出てくる言葉はそれとは違った。

「それにおれ、口うるさいです」

「ソウは意味のない注意をしたことはないだろう？　いつも他の人のことを考えてか、もしくはおれのことを思ってくれてのことだった」

「でも、可愛げだってない。あんたを馬鹿にしたような態度ばかりだし、皮肉だって言うし」

「そんなことはない。自分で気がついてないだけで、ソウは可愛いところばかりだぞ！」

先程から、あえてソウの反感を買う返事をしているのか、と思う。

そんなもの勘違いだ、と言ってやりたいのに、あんたの頭はいつもお花畑だなと笑ってやりたいのに。

「またひどいことを言うかもしれない……」

「そのときはきっと、ソウが傷ついたときだ。おれのせいなら謝るし、他になにか理由があるなら、ソウの傷が癒えるまで傍にいよう」

何度もソウの言葉で傷ついたはずの男は、この期に及んでなおもぬるま湯のような甘さで受け入れようとする。

背けていた顔をそろりと向けると、ルクスと目が合った。

彼は瞳を潤ませ、泣きたそうに、けれども笑みを浮かべてソウを見ていた。それはまるでソウに見せたい笑顔と、ソウの痛みを感じた苦しみとが混ぜ合わさったような表情だった。

「……今までたくさんひどいこと言って、すみませんでした」

これまで頑なに手首を摑んでいたルクスの手が離れ、両頰にてのひらが当てられた。

身を屈めたルクスの顔が近くに来て、ソウは自らこつんと額を合わせる。目を合わせると、ルクスはただ柔らかく微笑むばかりだ。

じんわりと温かい他人の身体に、つんと鼻が痛くなる。

全部、自分を守るためだった。独りでいようとするのも、ときに周りに牙を剝《む》いたのも。でももう手遅れだったようだ。

誰にも変えさせるつもりなどなかったのに、変わるつもりもなかったのに、まさかよりにもよってルクスのような男に影響されるとは。

いつもはうるさいぐらいに声が大きいのに、人の意見など聞いているようで聞いていないのに。本当は、誰も敵わぬほどの恐ろしく強い男だというのに。

正直、馬鹿だと思う。これまでも馬鹿だ馬鹿だと思っていたが、彼は本物だ。

なにもソウでなくていいだろうに。追いかけるほどの価値が自分にあるとは思えない。

顔はいいのだし、本来の自分とやらを得た今となってはかなり騒がしい男になってしまったが、人柄もいいのだからきっと彼に似合う、同じくらいにお人よしが見つかるはずだ。それなのに彼は、何度突き放してもソウを選ぼうとする。

本当に愚かしい。呆れるほどに、いっそ愛《いと》おしく思えるほどに。

これまで頑なに張り詰めていた糸が、ふっと緩んだ。

「え、ソウ、笑って——うわっ」

余計なことを言いかける男の首元を摑んで引き寄せた。

顔が重なり、唇同士が一瞬触れ合う。

ソウがすぐに離れると、ルクスは二度瞬きをして、一気に顔を赤くした。

「そ、ソウっ!?　い、今のは……！」

ずっと摑んでいた手首を離したばかりなのに、今度は勢いよく両肩にルクスの手が乗せられる。興奮しているのか加減が曖昧になっていて、身体の芯に振動が伝わった。

瞳は興奮に爛々と輝いていた。鼻息までも荒くなったルクスから逃れるようにソウはそっぽを向く。

「おれはあんたのことなんてどうでもいいです」

これまでの流れを無視した、告白に対する反応としては素っ気のない言葉に、ルクスから送られる視線には何故かますます熱が籠もる。

口を挟まず、ソウの言葉を待っていた。だからソウも続ける。

「勝手ばかりだし、大食らいだし、寝ているときの涎は汚いし。落ち着きがなくてすぐに騒ぐし、後先考えないし、大事なことを黙っていたし、あんたといると苦労が絶えません。振り回されるこっちの身にもなってください」

熱い視線に横顔を晒したまま続ける。

「——でももう慣れました。それに、悔《くや》しいけれどあんたのことばかり考える……離れようが、あんたがどこかで馬鹿やってないか結局心配になるんで、だったらいっそのこと傍で監視してあげますよ」

言い終えて顔を前に戻すと、赤い瞳にまた水分が集まりつつあった。泣くのを堪《こら》えているのか、眉がわなわなと震えている。

いつだってルクスは、ソウを信じている、と言った。その言葉の通りにルクスはソウの言葉を待ち、最後まで聞いてくれた。

本当に信じてもらえているのだと、ソウはこのとき初めて実感したのだ。

情けない顔に思わず噴き出したソウは、笑みを口元に残したまま背伸びして、ルクスの唇を塞いだ。

今はまだ、言えない。長年捻《ひね》くれていた人間が、そう簡単に素直になれるはずがないのだ。

だがこの胸には確かにルクスがいる。言葉に表せないが、その分行動で示した。

ソウなりの精一杯の答えを受け取ったルクスは、しばらく固まっていたが、やがて自らソウの唇に吸いついてきた。

ぬるりと厚い舌が唇の隙間から割り入ってくる。

「っ、ん……」

逃げようとしても、しつこいくらいにルクスは追いかけてくる。

ソウはやっとのことで口内を撫でていた舌を追い出した。

「そういえば、あんた……猫助けて、記憶――っふ……戻ったんです、よね」

「ん……そうだが」

唇を重ねながら、ルクスが再び舌を入れようとしたところで、ソウは迫る顔を押しのけた。

「ってことは、あの後もあんたの自慰《じい》に付き合わされたけれど、思い出していたってわけですよね」

朝勃ちさえも覚えていなかったルクスのために、教育の延長線上で付き合っていたはずの行為であったが、記憶を取り戻していたとなれば話は別だ。

ルクスはソウに睨まれながらも、頬を突っぱねる手をとって、てのひらに口付ける。

「続き、したい。じゃなくてさせてください」

「……まあ、いいですよ」

こんなときにも言いつけを守る律儀な男に、ソウはつい口元を綻ばせた。

再び唇が重なる。何度も柔らかく吸いついてくるので、堪らずソウは小さく笑ってしまった。

目を閉じて降り注がれる愛情に身を委《ゆだ》ねる。

腰を抱こうとしたのか、指先が触れるもぱっと離れていく。そしてもう一度触れて、今度こそてのひらが当てられた。

そんな風に指先が迷いながら触れていることに気がつき、ソウが薄らと目を開けてみると、強く瞼を閉じるルクスに気がついた。

何故そんなことをしているのだろうと考えて、ふと思い出す。そして彼の律義さに思わず噴き出しそうになってしまった。

以前ソウが言ったことを、ルクスは素直にも守り続けているのだ。

あのときと今とでは状況も、関係もまるで違う。けれどもルクスにとってソウとの約束は変わらないものらしい。

どこまでも、気持ちのいいほど真っ直ぐに生きている男である。

「ちゃんと目を開けて見ていてくださいよ」

「み、見てもいいのか……っ？」

興奮しているのか、荒い鼻息に肌を撫でられる。

顔に手を添え、自分のほうへ向けてやった。

「こういうときはおれだけを見るのが礼儀ってもんです」

そうっと開いた赤い瞳に映ったソウの顔は、これまで張り詰めていたものが切れたかのように緩んだ笑みを浮かべていた。


下半身から響く水音に、自分の荒い呼吸が重なる。

ものの少ない寒々しい部屋のはずなのに、二人が発した熱が纏わりつき、冷静に戻ることを許してはくれなかった。

「っ、ぁは、あ……っ」

初めはかたく閉ざされていた窄《すぼ》まりも、身体に沈められた指先が抽送《ちゅうそう》を繰り返しているうちに解《ほぐ》れ、今ではルクスの指を三本も受け入れていた。

なかを擦られる度に身体はとろけて、時折耐えきれずに身体が跳ね上がる。

堪えようとしていても、吐息に快楽が混じって熱っぽく零れていった。

耳に唇が合わさり、ちゅっと音を立ててささやく。

「ソウ、可愛い」

「しつ、こい……っ」

もう何度、耳元に甘く滲んだ言葉だろう。それなのに、繰り返される言葉に飽き飽きとしているはずなのに、頬の赤みが増すのがわかる。

顔の半分は枕《まくら》に埋まっているものの、ルクスにはよく見えているのだろう。

垂れ布もない部屋には、まだ高いところにある陽《ひ》の光が差し込み明るい。健全な時間帯にこんな淫らな行為に耽《ふけ》ることに多少の抵抗があったが、しかし今更、夜まで待ってくれ、とは言えなかったし、ソウ自身も高ぶってしまった身体をそのままにすることはできなかった。

しかし一人だけ服を剝かれて乱されているのは恥ずかしい。

ルクスのことも脱がせようと努力はしたのだが、ソウをとろかせようとする愛撫《あいぶ》に力は抜けて、結局はできなかった。ルクス自身は気にしていないようで、それよりもソウの身体を解そうと、長い時間をかけてここまで開かされた。

全身を余すところなく撫でられた。初めはくすぐったいなどと思っていたのに、いつからか吐き出す息に熱が混じり、気がつけば余裕を失《な》くして涙が滲んでいた。

四か月前には性の知識をすべて忘れてしまっていたはずの男に翻弄《ほんろう》される。同じ男として一方的に享受する快楽は悔しいのに、ぎゅうぎゅうに抱きしめる枕を手放すことができそうにない。力を抜けば張り詰める糸が切れてしまいそうで、そうなった自分がどうなるか恐ろしかった。

同性との経験は初めてだったが、話には聞いたことがある。異性と致すよりも苦労が多いとは知っていたが、それでもなんとかなるだろうと楽観したのは自分だ。

多少の痛みなら耐えられると思った。ルクスが満足できればそれでいいと、期待などしていなくて。肌が裂ける、という惨事さえ避けられればそれでよかったのに、まさか、こんな。

「ん、っふ……ぁ……っ」

「気持ちいいか、ソウ」

首を振るが、首まで肌を赤くしての嘘は容易に見破られる。

後孔《こうこう》に潜り込んだ指先に内壁《ないへき》を擦られて、びくびくと腰が震えた。

一度は欲望を吐き出した芯はかたく張り詰めたままで、今にも爆発しそうに先走りが溢れている。ルクスはソウのものを掴むと、濡れる先端に体液を塗り広げるように親指で撫でた。

「ぬるぬるだな」

「うるさい、です……んっ」

顔を起こして睨みつければ、涙が滲む目尻に唇が落とされる。敏感になっている身体は、たったそれだけの刺激で肌をざわめかせた。

「前から思っていたが、感じやすいんだな？」

「別に……普通でしょうよ」

「でも、ここを擦ってやると、どんどん溢れてくる」

「──っあ」

なかを突かれて、腹に力が入る。

「きゅうってなったな」

指を咥《くわ》え込む場所を見られていることを意識してしまい、無意識にまた締めつけてしまう。

浅く抜き差しをしながら、ルクスは立ててあるソウの膝に口づけた。

「なあ、ソウ」

「……なん、です」

「ここ、やっぱり舐めちゃ駄目か？」

ルクスの指が、形をなぞるようにくるりと回った。

「きっともっと気持ちいいと思うぞ。声も我慢できなくて、とろとろになるくらい」

唇は滑り落ちていき、太腿《ふともも》の付け根に吸いついた。ちりっとした痛みで、痕を残されたのだと気がつく。

誰の所有印もなかったはずの身体には、首にも胸にも小さな花弁が散らばっている。今更ひとつ増えたところでなんともないと思うはずなのに、胸がきゅうっと痺れる。まるでルクスの行為を喜ぶかのようだ。

「なあ、ソウ」

甘えるようなルクスの言葉は、吐き出した息でもソウのものを撫でた。それだけで背筋までぞくりとしたものが駆け上がり、なにもわからなくなって頷きそうになってしまう。

でも駄目だ。

今でさえ、許容範囲の限界なのに、これ以上のことをされては自分がどうなるかわからない。あらぬ失態を犯してしまいそうな、なにか口走ってしまいそうな恐れがあった。

ただでさえ本番はこの後に待ち受けている。そのための準備だけで体力を使い果たしてしまいそうだ。

指ごときに翻弄されるソウとは違い、ルクスは興奮に鼻息を荒くしているばかりで、まだ一度も前の熱を解放していない。

これまで何度かルクスの下半身の処理を手伝ったことがあるソウは、今は服の下で窮屈な思いをしている彼のものを思い起こす。

これからあの凶暴なものと戦わなければならないのだから、これ以上余計なことはしてほしくはなかった。

色気もなく打算的に考えたソウは、口に出さなかったが、やや潤む瞳のままに睨みつけて答えを突きつける。

「だ、駄目か……」

ルクスは少しばかりしゅんとしてみせたが流されるつもりはない。けれど次のときには押し切られそうな気もした。

そんなことを考えた自分にふと気がつき、思わず苦笑してしまう。

次、などと。当然のようにルクスとともにいる未来を想像していた。また同じ行為で彼を受け入れようとしている。

裸になることは無防備で落ち着かないし、どうしても噛み殺せない嬌声《きょうせい》はあまりに情けない。ソウをとろかそうとする指先はくすぐったくて、熱くて、気持ちよくて。なにも考えられなくなってきて。できれば他人に晒したくない姿のはずなのに、それでもなおソウ自身が次を考えている。

すっかりほだされていたようだ。思っていた以上にルクスはソウの心に根付いてしまっているのかもしれない。

「なにを笑っているんだ？」

強行に出れば下半身の逸物を握りつぶすことも辞《じ》さない、という冷徹な視線を一変させて目尻を和らげたソウに、ルクスは首を傾げた。

「あんたのことですよ」

自分よりも大きい男のその仕草がなんだか愛らしく思えてしまって、ソウは面映ゆさにさらに目を細める。

何故かルクスはわずかに目を見開き、そのまま数秒固まってしまった。

「——……ずるいぞ、その顔」

「は？」

ようやく動き出したかと思えば、ぼそりとそんな言葉を呟く。

「集中してくれ」

ルクスは埋めた指先を動かして、同時にソウのものを摑んで上下に扱く。

「っ、ちょ、待っ……！　——っ、ぁ」

とうに我慢の限界を迎えていた身体は呆気なく精を放った。

二度目の吐精に、しつこいまでの丁寧な愛撫に、すでに疲れてしまったソウはくたりと弛緩《しかん》する。

ソウのなかを掻き混ぜていた指が引き抜かれた。異物があることにようやく順応しつつあったのに、唐突な喪失感に縁がひくつく。

無意識の動作に気がついて、唇を嚙んだ。その様子をルクスが真剣な眼差しで見つめていることがよりいっそう羞恥を煽る。

飛び散った白濁やら先走りやら、ルクスの涎やらで、ソウの下半身はべたべたして、気持ちが悪いとも思ったがそれを拭う気力もない。

寝台に身を投げるように預けていると、顔に影がかかる。

「ソウ、ソウ――」

「ん……」

背中を浮かせ、片腕をルクスの首に回して顔を引き寄せ、唇を重ねる。

口を開くと、ぬるりと厚い舌が入ってきた。

「……は、ぁ……っふ、は……」

伸びてくる舌は上顎をくすぐり、内側から歯列《しれつ》をなぞる。舌で押し返そうにも、絡められてうまく動かせず、喉の奥に触れようとしているかのように深く入り込んできた。

「ん、ぅ……っ」

両足を抱えられて、丹念に解されたその場所に熱が押しつけられた。

見なくてもそれがどれだけ欲望を抑え込んでかたく張り詰めているかを知っている。

一瞬怯んで顔を離してしまったが、自分を真っ直ぐに見つめるルクスの瞳に宿る熱情を見つけてしまう。

これまでも時折見てきた欲望を溜めたその表情は、必死なくらいにソウだけを求めていた。

いつからソウを、好きになっていたのだろう。

ルクスの記憶が戻ったという出来事以降も、性処理に付き合ってはいた。

好意を寄せている相手との半端《はんぱ》な接触はかえって忍耐のいることであろうに、終わる頃にはいつもルクスは物足りなさそうにソウに視線を投げるだけでそれ以上を求めることはなかった。けれどもその瞳はあり余る彼の熱を強く訴えていて。

それでもルクスは耐えぬいてくれた。ソウを押さえつけることは容易いことであったろうに。ソウだってそれが必要だと思えば、仕事と割り切って身体を開いたかもしれない。そうなれば二度と心を開くことはなかっただろうが、肉欲は十分に満たされただろう。

しかしルクスはそれをせず、ソウの心が追いつくときを信じて待ってくれていた。ソウが振り返る可能性は決して高くはなかったというのにだ。

こんなところにも健気《けなげ》で愚直な彼の好意と優しさを、要領の悪さを感じられる。

そんなところを愛おしく思った。自分よりも年上で、間違いなく人類の上位に立っている強者で、あえて捻くれ者を選ばずとも万人を魅了する美貌を持っているのに、ソウの準備が整うのを待つだけで汗を掻くこの男を。

枕を手放し、両腕で引き寄せたルクスの唇に触れる。

ソウの送ったわかりづらい合図の意味を悟ったルクスは、唇の端に口付けながら、楔《くさび》をゆっくりと沈めていった。

「――っ」

慣らされたはずの場所は、痛みは小さいものの受け入れるにはまだ狭い。

予想以上の衝撃に隙間なく満たされながら身体を開かれていく。

「ソウ、息をしてくれ」

頬に手を添えられて初めて、呼吸を止めていることに気がついた。

息をしようとするが、混乱してしまっているのか浅いものを繰り返すばかりで、しかも無意識に歯を食いしばってしまう。

ルクスの親指が口に押し込まれて、歯の隙間に置かれる。嚙んでしまわないようにそこへ意識を向けるうちにまたずるずると侵攻されていく。

長大なルクスのものが、誰にも暴かれたことのない深くまで入り込んでくる。それは触れることなどできるはずもない心にまで、彼の熱を届かせようとしていることの気がした。

この期に及んでまだ、認めきれなかった自分がいた。

まさか自分が他人を、このルクスを想うなどと、出会った当初は予想すらつかなかった。だがそれは、誰に対してもそうだったから考えようとすらしていなかっただけだ。自分は生涯孤独の身だと、それでいいと決めつけていた。

だから、今まで孤独を貫き生きてきた自分が、やはり他人は受け入れられないと最後まで拒絶していた。

けれどもう、認めよう。

「──全部入った」

ソウの心ごと、余すところなく満たして、ルクスが顔を覗き込む。

口に差し込まれた親指が引き抜かれ、ようやく顎から力を抜いた。

「大丈夫か、ソウ」

「ん……」

慎重に進めてくれたので、慣れぬ苦しさはあるが痛みはそれほどない。それでも気遣う男に堪らずソウは笑みを浮かべていた。

それを返すように、同じく気の抜けた笑顔を見せたルクスの汗がこめかみから肌を伝い、顎から滴《したた》り落ちる。首元に落ちたそれを不快に思うことはなく、それどころか心が打ち震えるほどに歓喜していた。

彼の興奮を知り、それを向けてもらえたことが嬉しかったのだ。

「ルクス──」

自分が与えて以降、呼ぶことのなかった名を口にする。ルクスはわずかに目を見開き、戸惑ったように目を細めた。その反応の意味を、身体に収まったものの凶暴さが増したことで悟る。

いい加減、我慢も限界なのだろう。

「おれを、あんたにまるごとやりますよ。今更面倒臭いって思ったってもう遅いですから。それを知ったうえで、おれといたいんでしょう？」

汗で額に張りついた彼の前髪を掻き上げ、後ろに流す。

不敵に笑えば、足を抱えるルクスの力が強まった。

「ソウ……っ」

「っ、あ……！」

突き上げられただけで、その衝撃に息をのむ。

長大なルクスのものが引いていくと、内壁が追いかけるように吸いつく。押し込まれれば離したくないというように締め上げた。

結合部にはソウの流した先走りが塗り込まれていて淫らな水音を立てる。けれどもソウの耳にはルクスの艶のある息遣いとばくばくと鳴る自分の心臓の音ばかりが聞こえた。

「あ、あっ……ん、ぁ……っ」

腕の力が抜け、後ろに倒れそうになったところでルクスに支えられながら敷布《しきふ》に背中を当てる。ルクスはソウの解けかけた腕を回し直させて、律動《りつどう》を再開した。

「ん、ぅ……は、あっ、あ……！」

降ってくる唇は、軽く吸いついては離れていき、愛おしげに顔の至るところに優しく触れる。しかし腰を穿つ勢いは衰《おとろ》えず、断続的に声が溢れた。

先程までとは違い、剝き出しになった熱情は苦しいほど激しいのに、もっと強く求めてほしいと望んでしまう。

律動に揺さぶられる度に目の前がちかちかする。

擦られる場所は互いの熱が溶け合っているのに、感覚は鋭敏で痺れるような悦楽が背筋まで駆け上がる。

感じすぎてしまうあの場所を押しつぶされ、思考までとろかされて、ルクスの背に爪を立ててしまっていることに気がつかなかった。

「あっ、ぅ……ん、あ――っ」

「っ、は――」

眉を寄せ、快楽に耐える苦しげな表情をしながらも、それでもルクスはソウから目を逸らさない。

不意に、景色がゆらゆら揺れる。

気づけば、勝手に涙が溢れていた。零れた雫はこめかみを伝っていく。

一旦堰《せき》を切れば、涙はぽろぽろと出てきた。

また情けないところを見せてしまった。ルクスには散々醜態《しゅうたい》を晒しているのに、悔しさは込み上げない。

それどころか涙が一滴垂れていく度に心が軽くなっていく。

長年見て見ぬ振りをしてすっかり化膿《かのう》して溜まってしまった膿《うみ》が、透明に浄化され、流れる涙として現れてきたようだ。

抑えつけていた彼への想いが、涙とともに溢れ出す。

「ルクスっ、……ル、クス……っ！」

好きだ、と告げようと思うのに、名前ばかりが声に出る。もどかしいのに、こんなときですら素直になりきれない。

ソウの焦燥を悟ったのか、宥めるような口付けが落ちてくる。優しいそれに、自分への苛立ちからの八つ当たりで唇に甘噛みするが、ルクスは笑って受け入れるだけだった。

他愛のない行動なのに、強く傍にルクスを感じる。もっと彼という存在に触れたくて、強引に服を引っ張った。だがそれで脱げるはずもなく、ソウの求めることに気がついたルクス自らが服を脱ぐ。

ようやく触れ合った互いの肌は汗ばんでいたが、吸いつき合うように心地いい。

また涙が零れて、ソウは嬌声の合間に洟をすすった。

——本当は、独りが寂しかった。

でも誰を信じればいいかわからなかった。

幼い自分は善人悪人の区別がまったくつかなくて、周りのすべてが敵に思えて、隙を見せたら痛い目を見るのは自分だと言い聞かせてきた。

そうして独りで生きていくうちにソウは強くなった。

今になって誰かに寄り添えば、これまで積み重ねてきた自分を失ってしまう気がして、父が帰ってこない日々を泣いて待っていた無力な自分が出てきてしまいそうで、恐ろしかった。

本当のソウは、他人との深い付き合いを恐れる臆病者だ。

彼らからの拒絶が嫌で、自分のもとから去っていく姿を見たくなくて、ならば初めから誰も傍に置いておかなければいいと思った。

所詮は誰しも他人だ。どんな関係が結ばれようとも、血の繋がりがあろうとも、引き留めるものではない。相手の心を縛りつけることはできないのだから。

時の流れが止まらぬ以上、常日頃多くのものが変化をしていく。誕生するものや成長していくものがあれば、風化し壊れていくものが、忘れ去られていくものがある。相手に寄せる想いも姿を変える。

だからこそソウは誰も信じていなかった。けれど彼のことは、信じたいと確かに思ったのだ。

自分を見捨てはしないと、傍にいてくれると。

絶対なんてものはない。そんな事実は知っているけれども、願うことは間違いではないはずだ。

こんな風に思えるように変わったソウには、もうひとつわかったことがある。

(――いなくなってしまう、と怯えるなら、自分から追いかければよかったんだ)

今頃そんなことに気がついた。去ろうとする人を追いかけることはなにも悪いことではない。それでもいなくなる者もいるが、それは仕方のないこと。必ずしも引き留められるとは限らない。

だが自分はなんの努力もせず、ただいじけているだけだった。それではただの臆病な怠《なま》け者だ。

そんな単純なことを見落としていたこれまでの人生で、失ってきたものは多いかもしれない。

だからこそ、気がついた今、彼だけは見失わないようにしたいと願う。

きっと、まだしばらくは素直になれないけれど、可愛げもないままだろうけれど。

いつか、その名だけでなく、この想いも――。

「ソウ……っ」

愛おしげに名を呼ばれ、最奥《さいおう》にルクスの熱が叩き込まれる。

彼をぎゅうっと抱きしめて、そのすべてを受け入れた。

ルクスに身体をきれいにしてもらい、ようやく二人そろって寝台に横になる。

後ろから抱きすくめられながら温もりに目を閉じていたソウは、疲れからとろとろと眠りにつきそうになったところではっと思い出す。

「あ、しまった。失敗した」

「えっ……お、おれとえっちしたのがか!?」

見当外れな勘違いをして騒ぎ始めるルクスの声量の大きさに、耳を押さえる。

ソウは不機嫌な表情を隠さないまま、身体の向きを変えてルクスと向かい合った。

「違いますよ。魔王に伝え忘れていたんです。御使いのことで」

「御使いの？」

「ええ。もうじきあの場には御使いが来るから、心の準備を整えておいたほうがいいですよ、って。

まあもう手遅れですけれどね」

ルクスはかくんと首を傾げた。

「なんで御使いが来るんだ？」

「おれが呼んだからですよ。ほら、おれは一度あの場から逃げたでしょう。その後に御使いと連絡をとって、至急来てくれるように頼んだんです。四天魔人のアダマスとサイレスの戦いなんて、おれがどうこうできるもんじゃないんで」

「頼んだ……？」

頭上にたくさんの疑問符を浮かべるルクスは、事情をのみ込めていないのか難解な問題に直面したような表情をしている。

そういえばまだ話していなかったと、ソウは残されていた最後の秘密を教えてやった。

「おれ、御使いの手先みたいなものなんですよ」

「え……えええええっ!?」

「うるさいです」

「あっ、すまない」

また両手で耳を塞いで睨んでやれば、ルクスは両手で口を塞ぐ。

しかしすぐに自分が叫んだ理由を思い出して、問い詰めるようにソウに顔を寄せた。

「じゃなくて！　いや、申し訳なかったが、そうじゃなくて！　ソウが御使いの手先ってどういうことだ!?」

「……あんた、アダマスとしての記憶を取り戻していてもまったく気づいていなかったんですか？」

「いやだって、ソウと御使いが一緒にいるところ、見たことがないし……」

自信なさげにぼそぼそと告げる姿は、本当に気がついていなかったのだろう。

「おれは情報屋なんですよ。ですから旅をしているのは情報収集が理由です。御使いが立ち入れない場所での一般人同士の会話や社会の裏から仕入れられる噂話だってあるでしょう。そこから真実を探し出して、人間側の異変やいざこざ、魔族に対する感情なんかを調査して御使いに伝えるのがおれの仕事です」

御使い自らが話を聞きに行ったところで、やましいことがある者が口を割るはずもなく、一般人であっても人類の希望たる御使いを前にすれば興奮してしまい、まともに話せない状態になることも多い。それに下手をすれば、情報を得た相手が御使いに聞き出された内容を言いふらしてしまい、次の御使いの行動を魔族に推測されることもある。そうなれば秘密裏《り》に処理したい厄介事も明るみに出るかもしれず面倒事が増える一方だ。

そのためにソウが情報を集め、そのなかで御使いという立場の者に有益なもの、彼の力が必要な案件などを選《よ》りすぐって伝えるのだ。

「なるほどな。だからソウは御使いのことに詳しかったのか」

「そういうことです。旅費だってあの人から貰《もら》っているんですよ。おれが稼いでいるところ見たことないでしょう。もし会ったら彼に感謝してみてもいいんじゃないですか」

「そうだったのか！　いつもソウといられるのは御使いのおかげだったんだな。会ったらそうしよう！」

敵であるはずの御使いにこんなにも前向きな感謝を口にしようとする魔族など、そういるわけではないだろう。

素直に頷いたルクスに、思わず緩みそうになる頬を引きしめた。

ソウが笑いを堪えていることにルクスは気がつかない。

「でもなんでアルスが逃げなくちゃいけないんだ？　あいつ、いつも御使いの話になる度に溜め息をついていたんだが、彼らはそれほど仲良くはないのか？」

「いえ、まあ……いいんだか悪いんだか」

曖昧なソウの返事に、どういう意味かわからない、という顔でルクスは首を傾げた。

「なんて言うか——御使いが魔王にぞっこんなんですよ。おれも話を聞いたくらいで、実際二人がいるところを見たことはないんですが、それはもう熱烈らしくて。魔王も辟易《へきえき》としていて、極力会わないようにしていると御使いのお供の方々から聞きました」

「そういうことか」

合点《がてん》のいったルクスはからりと笑った。

「いいんですか？　弟さん、あの人のせいで結構な苦労しているみたいですけれど」

「いいさ。本当に嫌なら嫌と言えるやつだからな。もしどうしようもなくなったときは助けてやるが、まあ大丈夫だろう」

弟を信頼しているのか、それとも楽観的なのか。

いまいち判断のつけづらいルクスは、もうアルスに興味はないという風に話題を変える。

「なあ、ソウはなんで御使いの仲間になったんだ？　だってソウは、その……あまり他人と繋がることが好きじゃないだろう？」

「別に、仲間ってほどのもんじゃないですよ。暇していたんで、付き合ってみようと思ったんです。金も出してくれるって言うし。それに——あの人の掲げる理想に、少しだけ賭けてみたくなっただけです」

ルクスは言葉の続きを望むように、じっとソウを見つめていた。それに応える気になったのか、それともただ、聞いてほしかったのか。

ソウは目を閉じ、ルクスの胸に身を寄せながら己の過去を思い起こす。

まだ魔王がアルスでなく、先代のアムルイスの時代のことだ。

先代魔王の時代は人間と魔族の衝突は常で、二つの種族の境ではいつも争いが起きては血が流れていた。

互いに殺し合い、そして仲間は亡くなり、敵への憎しみは増していく。そしてまた戦いが起こり誰かが死んでゆく。失うばかりの負の連鎖に誰もが疲弊していたのだ。

そんななか、ソウの父を含めた銀の民の男たちは、魔王に提言すべく登城した。

人間と魔族がそれぞれ住まう領地の境にほど近い場所にいた銀の民は、度々人間に襲われることもあり、彼らの恐ろしさをよく知っていた。だがそれと同じだけ人間に救われたこともあったのだ。

人間は魔族を滅ぼそうとする有害な存在だと言われていたが、そうではないと理解していた。

誰かが始めた連鎖に巻き込まれ、断ち切ることができずに、自らが新たな鎖のひとつとなってしまう――それは人間も魔族も変わりのないことなのだ、と。

どちらが先に仕掛けたことかは、もはや誰にもわからない。だがいずれは誰かが断ち切らなければならぬことで、銀の民は魔王に英断を下してもらおうと願ったのだ。

父は、必ず帰ってくると言って仲間と出ていった。しかし二度と帰ってこず、残された者たちは集落を出ていくことに決めた。

男手が減っているなかで今人間に攻め込まれたりしたならば、一族の壊滅は免《まぬが》れそうになかったからだ。

ソウも隣の家の女から一緒に来るように誘われた。けれども断った。

父を待っていたからだ。必ず帰ってくるとソウと約束をしていたから、戻ってきたとき誰もいない集落を見て悲しむと思ったのだ。

それが果たされぬ約束なのだと悟るには、ソウはまだ幼かった。

当時のソウはまだ八つだった。もう父は帰ってこないのだと涙を枯らして、ようやく集落を出た頃には、近くに仲間は誰もいなかった。ソウがともに行くことを頑なに拒んだのだから当然だ。

十にも満たない子供がたった一人で生きていく過酷さは、深く言及《げんきゅう》せずとも伝わったのだろう。

話を聞きながらルクスは痛ましい表情をする。これまで同情をされるのが面倒で誰にも話してこなかったが、ルクスの反応が今までの自分の努力を認めてくれているようで、不思議と少しばかり心が落ち着いた。

やがてソウは荒くれ者の集う街へと辿り着き、そこで魔族と人間の混血児であることを隠しながら情報屋を営むこととなった。

ソウの確かな情報と手早さに顧客は増えて、経営が順調に進んでいた頃に御使いはやってきた。

彼が情報屋であるソウに、街の近くにある洞窟《どうくつ》への道のりを尋ねたのが出会いだ。その洞窟は森のなかにあって、なおかつ仕掛けがあり、正しい道順で進まなければ現れないという幻惑の魔法がかけられていて、なにも知らぬ御使いたちはすっかりお手上げ状態になっていたのだ。

御使いとはそれっきりかと思ったが、彼は洞窟を攻略した後に再びソウのもとにやってきて、唐突に理想を口にした。

魔族と人間を仲良くさせたい——と。

初めはそんなのは無理だと思ったが、ふと微かに記憶に残る、仲の良かった魔族の父と人間の母、それを認める周囲の温かな視線を思い出した。

魔王も次代のアルスに引き継がれ、好戦的な姿勢を和らげたと聞いてもいたからこそ、もしかしたらと思ってしまった。

理想が叶う可能性はあまりに低い。魔族と人間が共同で積み重ねてきた歴史は時に惨《むご》く、だからこそより深い憎悪を生んだ。だがそれがもし、溶けていくことがあるのなら。

もしまた、かつてほんの一時自分が感じた幸せが、どこかで長く続くというのならば。

子を人間に殺され、彼らを憎んでいた魔族に母が殺されることのなかった世界が生まれるのならば。

淡い期待をしてしまった。だがそれは自分が望んだから。

だからソウは御使いの話に乗ってやることにしたのだ。

そして御使いは見事、内密にではあるが魔王と個人的な協定を結ぶまでにことを進めた。御使いの思想と、魔王アルスの願いも同じであったのだ。

「アルスから、御使いと協定を結んだことは聞いていたんだ。――おれももう、誰かと戦うのはうんざりだった。だから賛成したんだ。人間たちと友好関係を築くことに。だがサイレスは反対した。人間は敵でしかない、と」

そこでまたひとつ、サイレスがアダマスを敵視する理由が増えたのだろう。

「――きっと、ソウが認めた御使いと、おれの自慢の出来た弟とでなら、世界を変えてくれる。ソウはその手伝いをするんだろう？　ならおれは、そんなソウの手伝いをする」

「かえって邪魔にならないといいですけれど」

憎まれ口を叩くソウにルクスは苦笑する。

嫌味のないそれに、つんけんする自分が子供みたいで少し決まりが悪く思っていると、突然ルクスが声を弾ませた。

「ならついていっていいんだな！」

「は？」

「だって駄目って言わなかった。またソウと旅ができる！」

考えて発言をしていたらしいルクスに誘導されたことにようやく気がつく。しかし悔しさよりも呆れが強く、小さく溜め息をついた。

「あんた四天魔人でしょう。記憶が戻っているからには仕事してください。魔王にも戻るように言われていたでしょう」

「なんとか説得する。これまでおれがいなくてもなんとかなっていたわけだし、四天魔人は他にも三人いるんだし、たまに戻ってくればいいだろう」

「そんなもんでいいんですかね……」

だが確かに、時々は他の四天魔人にも華を持たせてやっていれば、今回のような騒動も防げるのかもしれない。

サイレスへの対策に意識を奪われかけているソウに気がついたルクスは、自分の存在を主張するようにソウの肩を摑んだ。

「また二人で世界を見よう！　ちゃんと言いつけは守るぞ！」

「いけません」

ルクスはぴしっと笑顔を固まらせた。

「お、おれとは……嫌、か……？」

またなにか勘違いを始めた男に、ちょっとした意趣返しをするべく、ソウは溜め息をついた。

「なに早合点しているんです。違いますよ。すぐには、って意味です」

「なんでだっ!?　おれに至らないところが……!?」

「違くて。……あんたが、しつこかったから」

再び停止したルクスだが、次に動き出した時、その顔はでれでれに緩みきっていた。

「腰、撫でようか！」

「触んないでください」

胸を押し返すも、彼の腕力には敵わずすっぽりと抱きすくめられてしまう。しっかりと腰も撫でられるが、その動きは労《いたわ》るだけのものでいやらしさはなかったので、ひとまず股間の逸物を引っ摑むことはやめておいてやることにした。

「ソウ、好きだ。大好きだ」

今自分がどんな目にあおうとしていたのかも知らないルクスは、耳元で甘く声を滲ませる。

「――おれも」

「えっ」

突然身体を引き剝がされて、顔を覗き込まれた。

「い、今の聞き間違いかっ……!?」

「嘘ですよ」

動揺しながらも爛々と瞳を輝かせるルクスを見て、ソウはにこりともせず告げる。

またしょぼくれる、とソウは思った。しかし予想に反してルクスは落ち着きを取り戻すと、何故か相好を崩す。

「――きっとソウは、ソウ自身が思っているほど嘘は上手じゃないと思うぞ」

「なに言ってるんですか。勘で判断できるとか言うんじゃないでしょうね」

「勘もあるけれど、な」

それ以上は教えるつもりはないと、笑みで誤魔化される。

自分でも気づかない癖でもあるのか、とも考えるが、なにせ無意識な行動なのだから見当もつかない。結局は、たぶんルクスの直感が獣並みに正確なのだろうと結論づけた。

無論ルクスの直感が鋭いことも確かだが、まさか嘘を告げるときほど相手の目を見て、ときに己も知らぬ本心を伝えるときには目を逸らしていることなど自覚のないソウは、つんとルクスから鼻先を逸らした。

自分だけが知る真実を胸に秘めたルクスは、目の前に現れた真っ赤に染まる耳に音を立てて口づける。

「ソウ、愛しているぞ！」

「馬鹿じゃないですか」

熱くなった耳を押さえて、睨んでやるために振り返れば、緩みきった阿呆面が迫ってくる。

逃げることもできたが、それで騒がれてはまた面倒だ。仕方がないと、目を瞑《つむ》ってルクスを受け入れた。

愛しているぞ、なんて。

(――知ってますよ、そんなこと)

おしまい

あとがき

こんにちは、向梶《むかじ》あうんです。

この本をお手にとっていただき、ありがとうございます。

一時記憶喪失だったとしてもアダマス性格変わりすぎだよな……と思いつつ、笑顔の多いルクスと、捻くれているようで実のところ素直なソウの二人を楽しんでいただけたでしょうか。

寡黙な人物がとくに好きなのですが、それに次いでお人よしが好きです。なのでルクスは自分好みの化身になるのではないかと思いながら書き始めたのですが、いざ終わってみるとちょっとずる賢い面が見えて、あれこんなやつだったっけ？　となりました。

設定を練っていても、書き出してようやく登場人物たちは自分を確立していくので、終わった後はいつも、ああこんなやつだったんだな、と思います。

ソウも最後まで捻くれているはずが、なんだかんだバカップルを満更でもない様子でやるんじゃないかなー、と最後は予感させてくれました。

いつも予定していた着地点と少し違うのですが、でもそれも書き上げてからの楽しみのひとつではありますね。

今回のイラストを担当してくださいました香咲《こうさき》先生。素敵なイラストをありがとうございました！

優しさと甘さが滲むルクスと、抱える影がどことなく窺い知れるようなソウの雰囲気、そのどちらもとても素敵でした。

香咲先生、素晴らしいイラストを描いてくださり、本当にありがとうございました！

本作にかかわってくださったすべての方々に、心より感謝申し上げます。

もしまたどこかで名前を見かける機会がございましたら、どうぞよろしくお願いいたします。

向梶あうん

月下の誓い

げっかのちかい

向梶あうん

イラスト：**日野ガラス**

本体価格870円+税

幼い頃から奴隷として働かされてきたシャオはある日主人に暴力を振るわれているところを、偶然通りかかった男に助けられる。赤い瞳と白い髪を持つ男はキヴィルナズと名乗り、シャオを買うと言い出した。その容貌のせいで周りから化け物と恐れられていたキヴィルナズだが、シャオは献身的な看病を受け、生まれて初めて人に優しくされる喜びを覚える。穏やかな暮らしのなか、なぜ自分を助けてくれたのかと問うシャオにキヴィルナズはどこか愛しいものを見るような視線を向けてきて ...。

リンクスロマンス大好評発売中

月神の愛でる花
～鏡湖に映る双影～

つきがみのめでるはな～きょうこにうつるそうえい～

朝霞月子

イラスト：**千川夏味**

本体価格870円+税

ある日突然、異世界サークィンにトリップした日本の高校生・佐保は、皇帝・レグレシティスと結ばれ幸せな日々を送っていた。暮らしにも慣れ、皇妃としての自覚を持ち始めた佐保は、少しでも皇帝の支えになりたいと、国の情勢や臣下について学ぶ日々。そんな中、レグレシティスの兄で総督のエウカリオンと初めて顔を合わせた佐保。皇帝に対する余所余所しい態度に疑問を抱くが、実は彼がレグレシティスとその母の毒殺を謀った妃の子だと知り…。

小説原稿募集

リンクスロマンスではオリジナル作品の原稿を随時募集いたします。

募集作品

リンクスロマンスの読者を対象にした商業誌未発表のオリジナル作品。
（商業誌未発表のオリジナル作品であれば、同人誌・サイト発表作も受付可）

募集要項

＜応募資格＞

年齢・性別・プロ・アマ問いません。

＜原稿枚数＞

４５文字×１７行（１枚）の縦書き原稿、２００枚以上２４０枚以内。
※印刷形式は自由。ただしＡ４用紙を使用のこと。
※手書き、感熱紙不可。
※原稿には必ずノンブル（通し番号）を入れてください。

＜応募上の注意＞

◆原稿の１枚目には、作品のタイトル、ペンネーム、住所、氏名、年齢、電話番号、メールアドレス、投稿（掲載）歴を添付してください。
◆２枚目には、作品のあらすじ（４００字～８００字程度）を添付してください。
◆未完の作品（続きものなど）、他誌との二重投稿作品は受付不可です。
◆原稿は返却いたしませんので、必要な方はコピー等の控えをお取りください。
◆１作品につき、ひとつの封筒でご応募ください。

＜採用のお知らせ＞

◆採用の場合のみ、原稿到着後６カ月以内に編集部よりご連絡いたします。
◆優れた作品は、リンクスロマンスより発行させていただきます。
原稿料は、当社既定の印税でのお支払いになります。
◆選考に関するお電話やメールでのお問い合わせはご遠慮ください。

宛先

〒151-0051
東京都渋谷区千駄ヶ谷４−９−７
株式会社　幻冬舎コミックス
「リンクスロマンス　小説原稿募集」係

この本を読んでの
ご意見・ご感想を
お寄せ下さい。

〒151-0051
東京都渋谷区千駄ヶ谷4-9-7
(株)幻冬舎コミックス　リンクス編集部
「向梶《むかじ》あうん先生」係／「香咲《こうさき》先生」係

リンクス ロマンス

金の光と銀の民

2016年9月30日　第1刷発行

著者……………向梶《むかじ》あうん
発行人…………石原正康
発行元…………株式会社　幻冬舎コミックス
〒151-0051　東京都渋谷区千駄ヶ谷4-9-7
TEL 03-5411-6431（編集）
発売元…………株式会社　幻冬舎
〒151-0051　東京都渋谷区千駄ヶ谷4-9-7
TEL 03-5411-6222（営業）
振替00120-8-767643
印刷・製本所…株式会社　光邦
検印廃止

ISBN978-4-344-83799-7 C0293
Printed in Japan

幻冬舎コミックスホームページ　http://www.gentosha-comics.net